疼那么短 痛那么长

刘正权 著

时代出版传媒股份有限公司
安徽文艺出版社

图书在版编目（CIP）数据

疼那么短　痛那么长 / 刘正权著. -- 合肥 : 安徽文艺出版社, 2023.2

（鲸群书系）

ISBN 978-7-5396-7472-8

Ⅰ. ①疼… Ⅱ. ①刘… Ⅲ. ①中篇小说—小说集—中国—当代②短篇小说—小说集—中国—当代 Ⅳ. ① I247.7

中国版本图书馆 CIP 数据核字 (2022) 第 089204 号

出 版 人：姚 巍	策　　划：李昌鹏
责任编辑：宋潇婧　胡 莉	特约编辑：罗路晗

封面设计：鸿儒文轩·末末美书

出版发行：安徽文艺出版社　　www.awpub.com
地　　址：合肥市翡翠路 1118 号　　邮政编码：230071
营 销 部：（0551）63533889
印　　制：阳谷毕升印务有限公司　　（0635）6173567

开本：880×1230　1/32　印张：6.75　字数：152 千字
版次：2023 年 2 月第 1 版
印次：2023 年 2 月第 1 次印刷
定价：48.00 元

（如发现印装质量问题，影响阅读，请与出版社联系调换）

版权所有，侵权必究

总　序

我将中国当代文坛创作体量巨大、深具创作动能的作家群体命名为"鲸群"。入选这套"鲸群书系"的作家在2021年度中短篇小说的发表量皆有15万字以上，入选小说皆为2021年发表的作品。

"鲸群书系"以最快的速度集结丰富多元的创作成果，以年度发表体量为标准来甄别中短篇小说创作的"鲸群"，展示作家创作生涯中的高光年份——当一个作家抵达极佳的状态才能进入"鲸群"。如果我们喜欢一位作家，一定会着迷于他高光年代的作品。

我想，"鲸群书系"问世后，一定会有更多的人关注被我称为"鲸群"的作家群体，因为这个群体标示了中国当代小说创作的年度峰值——它带着一种令人心醉的澎湃活力。

如果"鲸群书系"在2022年后不再启动，多年后它可能会成为中国当代小说研究者珍视的一套典藏；如果"鲸群书系"此后每年出版一套，它或许会为中短篇小说集的出版带来新格局。

　　这套书的作者中或许有一部分是读者尚不熟悉的小说家，我诚恳地告诉您，他就是您忽视了的一头巨鲸。正因为如此，"鲸群书系"的问世，显得别具价值。

2022 年 10 月 30 日

目录

@所有人　　　　　　　001

蛤蟆打哇哇　　　　　019

像城里人那样生活　　041

婆家的饭长　　　　　147

黑王寨风情　　　　　165

疼那么短　痛那么长　195

@ 所有人

所有人都知道今天会停电。

他还是被困在电梯里了。

难得顺风顺水一回，却遭此变故。

生活的精彩，就在于你永远不知道，在下一个转弯处，会发生什么。

从体检中心前台到进电梯，真的只是转了一个弯。

他彻底被激怒了，当啪一声巨响炸进耳膜，意外不请自来时。

古龙小说里有这么一句话，只有鲜血才能激发人最原始的野性，别的东西或许也能，绝没鲜血如此直接，这也是为什么负了伤的野兽往往比平时更可怕。

他没负伤，可他刚刚见了血——自己体内的血。

狂暴瞬间在心头飙升，水银柱遇见高温一样。

电梯厢内瞬间一暗，跟着有强光刺眼地闪耀。

电光，火花，烟，尖叫，碰撞，坠落……

港台枪战片、好莱坞大片中的刺激场景幻灯般在他脑海中叠加播放。

他的命还真不能留着做皇帝？

老婆的讥讽以画外音方式出现，见缝插针地在他耳边萦绕，该死的女葛朗台。

他承认自己是连伤风感冒这种小痛苦都承受不了的人，但凡有个头疼脑热，药就成了他一日三餐的标配。

是药三分毒，老婆不屑的规劝中带着强烈的鄙夷，感冒对人体是有益的，可以将体内病毒排出来。

他举着药瓶反驳，感冒真要对人体有益，国家制造感冒药干吗？

老婆被噎着,好半天才喘过气,就你命金贵,留着做皇帝去吧。

做皇帝?喊!他自认还没患上妄想症,中国早就打破了封建帝制姑且不论,他骨子里压根滋生不了王侯将相宁有种乎的念头,尽管他跟陈胜拥有共同的身份——草民。

要不是草民,老婆又岂会在乎那点买感冒药的钱?

医保卡一刷就可以了。

问题是,他们没有。

老婆这么多年就没进过医院,他印象中。

不对,这话有点不严谨,他思维停顿了一下,医院老婆还是进过一次的,生孩子时。

生孩子跟生病,能够相提并论吗?显然不能。

生死一线间,他突然觊觎上老婆的抗病能力了。

老婆这种人,遇上医院电梯爆炸的概率绝对为零。

事故骤发时,人的思维总是呈横向扩散,恐怖意识则呈纵向飙升。

应急灯刺啦一亮,在暗无一人的电梯厢内说不瘆人,鬼都不信。

冥冥中有昭示的,自己怎么就忽略了,恐怖意识纵向飙升的同时,他横向扩散的思维陷入极度的自责。

太顺了,早上发生的一切,对半辈子诸事不顺的他来说。

体检前,他找人打探过,需要走什么流程。

都活到知天命之年,居然没做过体检,这让认识不认识他的人都感到不可思议。

因为没做过体检,他不得不提前做点功课。

体检中心前台的小护士告诉他,每天体检的人很多,需提前排队，需要叫号预约，早上采血前必须空腹，做B超检查还得憋尿。

小护士说做B超检查还得憋尿时，他悄悄难为情了一下，在他眼里，屎尿屁这些话是见不得天日的，跟人体的私密部位一样，需要藏着掖着，更遑论从口里轻轻松松吐出来。

多亵渎人家小姑娘啊！他眼前鬼使神差般浮现出小护士甜美的笑脸。

奇怪，仅仅一面之缘，怎么就记住了人家的长相？

今天这个意外，他有理由肯定、确定以及一定地认定，是上天为他生命最后时刻量身打造的。

那么多的巧合总得有些或明或暗的征兆吧，地震都还有预警，作为高级动物的人，更应该具备这个感应功能。

肯定有，不过让他忽略了而已。

他有点生自己气了，诚然，他不是一个活得很明白的人，可真要让他死得稀里糊涂，他明显是不甘的。

传说人在濒临死亡的某段时间内，灵魂还附在体内，还会有潜意识的思维发散，如同剁了头的鸡，还会跑，如同剖了腹的鱼，还能吧嗒嘴巴。

作为高级动物，他应该有能力借助灵魂还附在体内这一时机，利用潜意识的思维发散，去寻找那些蛛丝马迹。

朝闻道夕死可矣！老祖宗遗训言犹在耳。

那就把时光回溯一下。

慢镜头显然是不可取的，那就快进。

尽管镜头快得可以用光速计算，一个面孔还是倏忽间被凸显，放大，定格在眼前。

那是市里一个很有影响的政协委员，每年的政协会议期间，都能看见电视台对他做的专门访谈。

在民生这一块，该政协委员的建言献策差不多每年都得到政府部门的重视并得到采纳和解决。

机缘巧合，两个八竿子打不到一起的人，竟然在一个饭局上遇见了。

中国人的饭局多，多得政协委员都无法置身事外。

饭局上，他注意到，那个政协委员基本不碰大荤，更别说沾上烟酒了。

他殷勤地让了让，政协委员很礼貌地拒绝了。

客气是生疏的表现，他不再虚请对方，大快朵颐起来，出门前老婆交代了的，得把赶出去的份子钱吃回来。

看他吃得那么香甜，政协委员不无善意地提醒说，像他这个年纪，要尽量合理控制饮食，以低盐低脂和低糖类饮食为主。

吃不过人是各人的饭碗，做不赢人是各人的手段！他不置可否地一笑。

政协委员急了，真的呢，病都是吃出来的。

病这玩意，爱谁谁，他继续狼吞虎咽着。

政协委员不再相劝，只是说，你慢点，没人跟你抢，没听说细嚼慢咽对胃好吗？

那会他已经有点微醺了，好酒饮微醺，好花看半开，心情大好的他头也不抬接了句，我还听说多听少讲是非少呢。

是非，对头，是非就是从这起的源头。

散席时，两人互相留了电话，加了微信。同船过渡，八百年修行，同桌吃饭，怎么也得一千年修行吧，没准日后还能幸会的。

留呗，这种场合的留电话加微信属于一种礼貌，没谁真正记得住谁,他有经验。别看大家拿出手机比考驾驶证答题还一脸认真勾勾画画的,拍着膀子说改日再聚。

真的再聚,他敢肯定,没谁能对上谁的号。

经验有时是生活最大的敌人,这话不幸再次得到印证。

那个政协委员居然还记得他。

让他有点受惊若宠而不是受宠若惊了。

一周前的晚上,他正在广场上看大屏幕上的《新闻联播》,哎,哎!有人在后边这么叫了两声。

他没在意,在广场上看新闻,图的就是耳根清净。

老婆一直对他把时间浪费在电视上颇有微词,这点他比古时的宰相有气度,别说撑船,开航母都不在话下,充耳不闻就是了。

倒霉就倒霉在,他那么钟爱的电视,胳膊肘往外拐,给了老婆强有力的助攻,令他再也没脸在老婆面前大张着嘴巴,高跷着二郎腿,沉浸在电视节目中,悲伤着别人的悲伤,幸福着别人的幸福了。

该死的成功人士访谈栏目!事后他咒了电视千万遍。

所谓的成功人士访谈栏目,他原本是视为鸡肋的,但比起老婆的絮叨,他则更心向往之。

那天他满脸沉醉地看那个成功人士在主持人的诱导下夸夸其谈。

之前成功人士还是很谦虚很谨慎很低调的。

扛不住漂亮的女主持人一通天花乱坠的吹捧,成功人士淡定不下来了。

话筒递到嘴边,成功人士信口开河来了句成功秘诀,一个每天看电视超过三小时的人,一定是个月收入不过三千的人。

像遭了雷击,他心虚地把眼光转向了老婆。

他纵然再厚颜无耻也不得不顾及成功人士的这一说法,他的月收入,确实不过三千,连二千都不到,而他看电视的时候,又确实每天超过了三小时。

家里的电视,他是没脸看下去了。

电费再少,总不可能少到忽略不计。

转战到广场上,老婆是欢喜的,省电倒在其次,走走更健康。

就这么着,他跟政协委员二次相遇了。

怎么,您也到广场上看新闻?他以为遇上了同病相怜之人,语气中有了小小的欢喜。

政协委员的回答,令他有了小小的失望。

政协会马上要召开,人家是来走访调查研究,以便在政协大会上反映社情民意。

表错情的他尴尬之余,心里有了小小的愤懑,不快迅速蹿到舌头尖上,看你饭量不大啊,怎么会有吃撑着的时候?

政协委员听出他言语中的揶揄,笑一笑,有些事,不一定是吃撑着的人才做的。

这倒是,毛主席当年带着工农红军打天下的时候,饥肠辘辘时想着的可是为咱老百姓能吃饱肚子而浴血奋战。

他无话可说了。

新闻肯定看不下去了,政协委员很热情地邀请,找个地方坐一坐?

坐就不必了,这年月能够坐一坐的地方都得花钱。

走走更健康,老婆用在他身上的那句话脱口而出。

政协委员附和,有道理,一位经济学家曾经说过:人的身体是"1",而财富、名声、地位……这些外在的条件都是"0"。只有身体健康,才有机会去创造后面数不清的"0",去实现自己的人生价值。

人生价值?他苦笑,他的身体是不是1,尚属未知。

什么意思?政协委员不解,那天看你吃饭,胃口好得不像话啊。

胃口好得不像话?呵呵,他自嘲,你不是说过么,病都是吃出来的,没准就有什么重大疾病潜伏在身体里面呢。

检查一下不就知道了?政协委员大为不解。

说得轻巧,检查一下不要钱?他看政协委员那神情,类似于看古装剧里那个何不食肉糜的昏庸皇帝。

能花多少钱啊?政协委员摇头。

有那钱,还不如砍几斤排骨改善一下生活,老婆的话,借着他的嘴不失时机地蹦了出来。

政协委员心头一激灵,一个提案的雏形在脑海中形成,他想起在农村精准扶贫的一些案例。

在农村,因病致贫的家庭占了百分之九十,因病返贫的占了百分之九,还有百分之一是其他缘故造成的。

眼下,农民看病虽然不难了,农村合作医疗也普及了,但农民生病住不起医院,住院后因病返贫的现象依然比比皆是。由于环境的污染,农药化肥的超量使用,农民患上癌症的概率大幅提高。

农民平时由于务农或经济等原因,并没有对自己身体进行定期健康体检的意识。如果农民能够享受免费体检,做到定时体检,有病早医,无病早防,既避免家庭出现变故,更变相为国家医保基金节约投入啊。

政协委员有点激动了，多么好的提案啊，得来全不费工夫。

他却激动不起来，再好的提案，跟他这么一个失地农民都浑身上下不沾一丝疙瘩。

活了半辈子，他都不知道体检是个什么滋味。

他的叹息，让政协委员心里极不是滋味。

权当作一次精准扶贫吧！

临分手时，政协委员把自己的体检卡送给他，说让他抽空去体验一把，只当是为政府相关部门对农民的健康、疾病研究等提供基础数据，为下一步疾病治疗和防控提供基础材料。

政协委员走后很久，他还在广场边犯癔症，对着手中那个小小的体检卡，这是真的吗？他一个草民的体检，能够上升到为政府分忧解难的境地？

功德无量呢简直。

换句话来说，这个体检对他来说太有必要郑而重之了。

郑而重之的连锁反应是广而告之，所有认识的人，都知道他要进行体检了。

那个，抽血疼不疼？

那个，做脑部CT对大脑有没副作用？

那个，B超憋尿会不会憋出前列腺来？

他不厌其烦的请教，让很多人有了为人师的机会。

老婆不这么以为，抽血能多疼呢？CT要真对大脑有副作用倒是万幸，没准把他脑子里的一团糨糊给负负得正了，至于前列腺，得了更好，省得他老想着床上那点事。

这么多的以为之后，老婆一口咬定他是借机显摆，政协委员送体检卡，应该是他人生中最为显赫的待遇了，截至目前。

知夫莫若妻，想不承认都不行。

他原本，有过体检机会的。

被人给顶了。

于他来说，那是一段不堪回首的往事。

紧握着那张体检卡，他陷入了对往事的追忆。

十年前，他在一家公司当保安，这是作为对他占地补偿的一个附加福利。

保安这活儿，他曾憧憬着干一辈子的，虽说工资不高，可旱涝保收啊。

他干得尽心尽责。

老板是个仁义人，给员工每年都安排体检。

偏偏保卫科长这人忘性大，每次都忘了把他报上去。

他倒无所谓，是老婆不服气，冲他大发脾气，说人家把你当狗了晓得不？

当时他正看电视剧《霍元甲》，刚好放到华人与狗不得入内的场景，电视桥段中那个群情激愤啊。

谁是狗呢？他呼一下子站起来，是可忍孰不可忍。

雄赳赳气昂昂地去找保卫科长，保卫科长手里正拿着一张体检卡，老远冲他微笑。

敢情人家没把他当狗。

有人会给狗奉烟吗？没人吧？

科长老远就给他奉烟，还帮着点火。他不抽烟，难得科长奉烟点火，不抽不识抬举了不是，人家科长还笑容可掬搂他的肩膀呢。

他心软，科长搂着搂着把他搂到办公楼的拐角处，一副乞求的口气，说能不能帮兄弟一个忙？

自己何德何能可以帮上科长的忙？他差点要重新审视自己

一把。

科长压根没想给他审视自己的机会,科长的话紧跟着贴着耳朵上来了,我小舅子最近不舒服,想做个体检,这个!科长扬了扬手里的体检卡,能不能转借他用一下?

他愣怔两分钟,才明白过来,科长手里扬的,应该是属于他的体检卡。

见他犹豫,科长加紧攻势,就你这身体,生龙活虎的,我打赌,什么病都躲你三丈开外,再说了,平白无故抽几管子血去,多心疼,搁过去,要卖好几百块的,得吃好多鸡鸭鱼肉才能长那么点血。

他晕血,一听抽那么多,胳膊不由自主抽搐了下。

还有,那个憋尿,搞不好会得前列腺的!科长煞有介事地说,你都不晓得我有多羡慕你,尿起来,飞流直下三千尺,只差把尿池子砸个坑。

这倒是大实话,好几次他跟科长一起上厕所,科长的尿液呈螺旋状下落,没半点飞珠溅玉的气势,滴滴答答,从没酣畅淋漓过。

像他老婆平时故意不把水龙头拧紧,让水一滴一滴往桶里落,据说这样水表可以不走。

科长羡慕的不是他尿得多好,他心里明镜似的。

前列腺好坏关乎性功能的发挥。

这是他人生唯一的乐趣了。

既然体检暗藏着这么多风险,何必以身犯险呢?一念及此,他很慷慨地帮了科长的忙。

事后,科长塞了一整包香烟给他。

这包烟出卖了体检卡的去向,让老婆把他骂了个狗血淋头。

他辩解说，我这身体，等一年体检，又不是来不及。

他的身体确实来得及等一年后再体检，事与愿违的是，那个企业等不及再支撑一年，倒闭了。

打那以后，体检成为他生活中遥不可及的一项奢侈消费。

尤其在很多同龄人检查出各种稀奇古怪的病症之后。

每每大街上遇见了，那些人的关心让他觉得特别可疑，老伙计，找个时间去医院检查一下。

我这身体，吃吗吗香，有检查的必要吗？他强颜欢笑。

可别这么说，人家的语气由关心改为警告了，病这玩意，狡猾得很，藏你身体里面不声不响的，你不把它当数是吧，它就不把你的生命当数。

能怎么呢？他背上冷汗出来了。

千里堤坝毁于蚁穴，这话你没听说过？人家冷笑，就说我自己，长跑从不间断，饭后百步走更是寻常，结果呢？

他不敢接话了，对方身板怎么看都比他硬朗，人家在革命军人这个大熔炉里锻打锤炼出来的，身体强壮得可以打死老虎，一年到头除了体检跟医院打交道，其余时间，病见了他都绕道走。

还就是体检，给他身体拉响了预警，中度脂肪肝不说，"三高"等都苗头旺相着。

在医院调理一番，生活中制定出许多禁忌，才把身体扳回正轨。

他的身体轨道呢，每念及此，他都忍不住叹出一口长气，科长那包烟，极有可能让他身体内部某种病症由萌芽状态，和平演变为生根发芽状态，眼下没准正破土而出，他甚至都听见病菌正滋滋蚕食五脏六腑的声音。

感谢政协委员的这张体检卡。

他是没脸找老婆要钱去体检的,这笔开支从来都不在老婆的预算中。

人是三节草,难得一节好,他的显摆对象,只能是老婆。

别人才懒得管你体检不体检的。

疼你的,病你的,用古戏文中的唱词说,干卿何事?

正是这个干卿何事,导致他忽略了今天停电这个通知。

电虽然时时刻刻给人民生活带来福利,可于他来说,用电的概率太低,洗衣做饭这些他插不上手,电视他早已不在家看了,这点上,他还是知耻而后勇的人。最多是手机充电,一天也就一次,夜晚入睡前插上充电器,早上醒来拔下手机,仅此而已。

电对他几乎没了实质性的意义,在白天。

所以说,他的忽略于情于理都说得过去。

说不过去的,应该是停电的时间段。

他不是一个较真的人,事情过后,在认真查看本地论坛上发布的停电通知后,他还是差一点拍案而起了,假如他在电梯内真的有个三长两短的话,老婆有权利对供电部门进行追责的。

通知上明明写着八点钟准时停电,为什么到八点一刻才拉闸?

一刻钟,多么巨大的失误!

八点钟,他清楚记得,那会他已经在做B超检查了。

是不是应该谴责一下提前上班的医生护士呢,假如他那个三长两短成为事实的话?

抽血和B超两项检查下来,怎么也得二十分钟,那样就错过他被困电梯的时间,换句话说,潜在的危险已然消除。

电梯啪地炸响的同时，他心里突然冒出许多千奇百怪的念头，排在第一的，是恐怖意识的飙升，紧跟着的好像是对医院那份营养早餐的向往。

谁愿意做一个饿死鬼呢？

这个排位，符合国人在将死之时的一贯作风。

尤其是他这种吃吗吗香的人，那会，他的胃口正前所未有地好，做 B 超的医生有点饶舌，这个特点跟他老婆如出一辙。破天荒地，躺在床上接受检查的他，对饶舌的医生前所未有地生出好感。

医生用手中的探头在他肚皮上面划来划去，一会说鼓气，他就很听话地鼓气，一会说侧身，他就乖乖地侧身。医生对他的配合很满意，一边检查一边絮絮叨叨告诉他，他的肝脏、胆囊、肺脏、胰腺、双肾、前列腺，都好得超乎寻常。

听见没？超乎寻常，老天对人是公平的。

这年月，有钱也买不来健康。

以至于从检查的小床上翻身起来时，他差点来个鲤鱼打挺。

你这身体，可以跟时下很多十八岁小伙子比一比了。

医生这么下的结论。

这个结论让他兴奋，恨不得学孙猴子一跟头翻他个十万八千里。

他用十八岁的步伐，跳跃着进了营养早餐间，只一眼，就退了出来。

十八岁的肠胃啊，营养早餐间的稀饭油条怎么可以满足呢？太寡淡！最不济也得来碗牛肉面，或者肥肠粉什么的，配上两个卤鸡蛋。抽了两管子的血，不补一下，没准十八岁的身体立马就变成三十岁的身体了。

心随念转,他脑海中立马浮现出牛魔王拉面馆的招牌来,这家早餐店就开在他小区门前,都说是近水楼台先得月,可他硬是没进去过一次。

一碗牛肉面怎么也得十元吧,一斤猪肉的价格呢。

他挣的钱,远远支撑不起他吃牛肉面的底气。

为一顿口腹之欲,挨老婆一通念叨,不值得,这点账他还是换算得过来的。

时过境迁了,今天,他不仅要吃上一碗牛魔王拉面,还要配上两个卤鸡蛋,为自己十八岁的身板庆贺庆贺。

在牛肉面的亲切感召下,他用跟自己年龄极不相称的敏捷身手,赶在电梯关门的那一霎,一尾鱼一样,间不容发地侧着身子游进了电梯。

很俏皮,很有成就感。

同一时刻,政协委员在听了一府两院工作报告后的分组讨论中,第一个站起来发言,他的将部分留守农民体检纳入医保范畴的建议,得到参与分组讨论的市政府主要领导的高度重视。

被表扬站位高,看得远,有见地。

领导对身边的工作人员叮嘱,这个议案,应该纳入明年的重点议案,敦促有关部门予以解决。

同样很有成就感的政协委员情不自禁之下拍起了巴掌,那掌声,用振聋发聩来形容都不为过。

冥冥中像是有某种感应,电梯门关上的瞬间,他耳朵里也爆出一声振聋发聩的巨响。

啪!还带着电光。

电梯里先是一暗,跟着咻咻的电流声,应急灯唰地亮了,电视画面的桥段扑面而来,他脑海中立马脑补出 N 个惊险刺激的场面，电梯内火光四溅，楼层数字不停闪烁，电梯飞速下沉……

蹲下，第一反应虽然将指令发送到脑海，可他的肢体反应却不能相协调，他不仅没能蹲下，甚至于表现出敌军围困万千重，我自岿然不动的大将风度。

蹲下又能如何？他内心有个声音在自嘲，这个电梯很老式，轿厢里没有可以下手抓扶的地方，蹲与不蹲没任何区别。

省得真的出事了，人家把监控调出来，看见他一副狼狈不堪的嘴脸。

倒不如从容一些，镇定一些，死得有尊严一些。

古人都晓得"捐躯赴国难，视死忽如归"的。

赴国难他这辈子是没机会了，但政协委员的话却余音绕梁，他的体检多多少少为政府相关部门对农民的健康、疾病研究等提供基础数据，为下一步疾病治疗和防控提供基础材料，做出相当有积极意义的贡献了。

呵呵，这么积极的想法在他脑中只是忽闪而过，真正盘踞在脑海中兴风作浪的，却是另一番沮丧和无助。

妈的，还是老婆说得对，贪小便宜吃大亏，为一次免费体检，送掉小命，多冤枉，拥有十八岁的身体又怎么样？彻底清零了。

他那会宁可医生跟他说的是，他已经病入膏肓，阎王已经在生死簿上勾了他的名字，离死就临门一脚的事。

多痛快！反正一脚门里一脚门外，没什么好遗憾的，套用阿Q的精神胜利法，他都应该额手相庆一把，要知道，电死人是没有痛苦的。

当然，这只是据说。

车祸据说也是，因为太突然，猝不及防之下人都来不及感知痛苦。

什么狗屁的人是三节草，总有一节好！真要轮到他好，早上出门老婆就应该多交代一句，体什么检？今天停电，你老老实实待家里看电视。

停电是看不成电视的。

多好的顺水人情，她平时那么嘴碎的人。

撇开老婆，体检路上，那么多的熟人，前后他主动打招呼赔笑脸的不下二十人，都知道他去体检，为啥就没人提醒他一句，省得他跑冤枉路？那些人，平时都那么喜欢自以为是指点他迷津的。

就算这些人没义务提醒他，体检中心的小护士有理由给他来个免责声明吧，职责所在啊。

小姑娘应该不无歉意地奉送一个甜美的笑脸给他，抱歉，让您白跑一趟，今天停电，请明天再来预约。为这么甜美的笑容，他白跑十趟都心甘情愿的。

莫非他们集体串通好了，让他陷入万劫不复之地？

太有可能了，否则，停电这么重要的大事，怎么没人给他一声忠告？

居心叵测啊，这么多人合谋他"十八岁"的生命，他心如死灰了。

他都做了这么多年好人，到头来却没得到任何好报。

早先他还以为，死后能做个好鬼的，现在想来，太可笑太没必要，所谓的人之将死其言也善，纯粹是扯淡。

他这会儿特别同意鲁迅先生说过的那句遗言，让他们怨恨去，我也一个都不宽恕。

纵观他这一生，没什么值得宽恕的事，倒是很多值得腹诽的事，一直没机会怨天尤人，要不，在微信上最后发泄一下？

反正这个世界跟自己不存在任何交集了。

愤怒出诗人，他不是诗人，那就大白话吧。

大粗话更有杀伤力，嗯！唰唰唰，一股恶气从脚下涌泉穴直冲头顶百会穴。

搞定！

在提醒谁查看时，他恶狠狠点了微信里从未使用过的权限——@所有人！

发完微信，他整个人呈虚脱状态，瘫坐下来。

政协委员第一个看见他发的微信——大清早被困电梯，中大奖了！文字下面是他的自拍照，应急灯的映照下，他的脸像幽灵。

电梯事故，嗯嗯，一个不错的提案，得深入调查追踪一下。政协委员自言自语着，给点了一个赞。

那条微信，是他之前所有微信被点赞的总和的倍数。

若干年后，他还在疑惑，他微信上明明白白写着——"大清早被困电梯，你大爷的"！咋摇身一变成为"大清早被困电梯，中大奖了"？

谁篡改了微信内容呢？这个念头动辄沉渣泛起在他"十八岁"的身体里面，让他的思维不可抑止地有了八十岁的糊涂。

蛤蟆打哇哇

"人死要搭三个伴,"世旺老汉点燃一根烟,喂到顺柱老汉嘴里,说,"你这是要搭谁的伴呢?"

"还三个,一个伴都搭不上了……"顺柱老汉眯着眼睛看天。

世旺老汉随着顺柱老汉的目光看向头顶,天上除了云,啥都没有。

"唉,这年月,晓得哪朵云下雨啊!"世旺老汉说。

虽说世旺老汉是个老单身汉,可人是三节草,总有一节好——眼看着他就要闻见土香了,却跟合秀搬到一起,锅碗瓢盆合一处,过起了快活日子。

合秀这块祥云给他下了场及时雨,日子过得要几滋润有几滋润。

润透了墒呢!寨子里老人个个眼热得不行。

在黑王寨,上了年纪的老人一不巴望子女做官,二不巴望子女发财,老人们最大的心愿就是老来有伴,白天有人说话,夜晚有人暖脚。若是哪对老夫妻先走了一个,能够找个对心思的人合家,把尘世间最后一段日子过热闹,就别无他求了。

夕阳西下,去日不多,剩下的日子孤单难挨啊。孤寡老人哪怕是儿孙成群,也不愿跟儿女们一个锅里盛饭吃。不是儿女们不孝顺,实在是人老了,跟儿女们过不到一起。"代沟"是城里人的说辞,在黑王寨,有最简单的说头——人老了,牙口不好,想吃口稀的烂的,免得让儿女们为难。其实,背地里还有一宗缘由,树老根多,人老话多,老人们喜欢回忆年轻时那点破事,儿女们插不上嘴,也不想听。一个人自说自话,就成了再平常不过的事。

换个人,自说自话还有子孙厌烦几句,多少有点回应,搁顺柱老汉名下,他的自说自话就显得十分可怜,想对牛弹琴,都找不到一头。

使牛耕地早就成了历史。

顺柱老汉鳏居,也有了三十多年历史。

二十岁那年,家里给顺柱他哥说了个媳妇,可他哥是个病秧子,相亲时,怕女方嫌弃,就让顺柱来个偷梁换柱。反正他们是双胞胎,蒙过这一关,娶进家门,媳妇未必就能认得清楚。那时候,顺柱还像棵青枝绿叶的小树,被那个叫彩云的姑娘一下子就相中了。春天相亲,秋天迎娶,进了洞房,彩云才看见新郎病恹恹的,不过也没太在意——都吃五谷杂粮,谁还没个跑肚拉稀的时候?等又见顺柱,发现他们是双胞胎,就起了疑心。私下里向顺柱追问,顺柱才说了实话,面对生米做成的熟饭,两个人都闻见对方碗里的香甜。一个屋檐下过日子,抬头不见低头见的,忍不住都想多看一眼;目光遇上了,又慌慌地躲开,好像眼里有火,害怕烫伤了一般。

家里人察觉到两人的蹊跷,担心闹出丑事,东挪西借,赶紧给顺柱成了家。

在那日子饥荒的年代,连着娶两房媳妇,家底不掏空才怪。彩云怀孕时,家里一日一餐,只有照见人影的地瓜汤。顺柱实在看不下去,就怂恿他媳妇去生产队地里偷新麦,想给嫂子做一碗面疙瘩,结果被民兵抓了个现行,一连几日,大会批,小会斗,游街示众。媳妇心里那个冤啊,加上游街时人多嘴杂,晓得顺柱跟嫂子那点往事,怨气上来,鬼就上身,裤腰带往脖子上一绕,得,套着绳疙瘩上了黄泉路。

背着命硬的名号,顺柱就成了光棍儿。先是跟着爹娘一起过,爹娘去世后,形单影只一个人过,这一过就是三十多年,从一个龙精虎壮的小伙子,过成了顺柱老汉……

不是云彩不下雨，不是莲藕不挂泥。

看着从小光屁股一起长大的顺柱老汉落得这个光景，世旺老汉却找不出合适的话来安慰一句。眼下自己过着顺心日子，任何安慰的话，都像是得了便宜还卖乖。

世旺老汉确实得了个大便宜。合秀早些年殁了丈夫，但儿女双全，儿子何东海是乡长，女儿何冬梅也是城里的公家人，在村里，合秀是有头有脸的人物；而他一个孤老头子，死后有乡长儿子给披麻戴孝，那不是祖坟上冒青烟了，而是祖坟上冒了仙气。

"鸡吃稻草鸭吃谷，各人自有各人福。"合秀见世旺老汉喉咙打结，赶紧拿这句话宽慰顺柱老汉，"要我说，以顺柱大哥你的条件，别说搭一个伴，再搭三个都不在话下。"

"不在话下就在话上了？"顺柱老汉苦笑，"也是，嘴是扁的，舌是软的，咋说都行。"

"不光敢说，还得敢做！你的心思我不了解？直接跟彩云说就是了，舌头打个滚的事！"世旺老汉吐了一口烟。

自打何东海同意他娘跟世旺老汉单开伙后，世旺老汉说话就硬气了许多。早先，世旺老汉可是个遇事只会点头的角色。黑王寨有句老话，说男怕三点头，女怕抬腿走——男人要是缺乏主见，啥事都说不出个所以然来，只会一个劲点头，那他在黑王寨既当不得家，更做不起主；女人要是太有心性，行事为人有自己的主见，抬头挺胸，走什么路压根不会听别人的劝说。世旺老汉的硬气，很大程度上源于合秀，合秀的一双儿女何东海和姑娘何冬梅都是吃国家饭的人，回家看合秀，水果点心从来没断过，动不动还往合秀手里塞零花钱，所以，合秀待人就格外热情大方。

顺柱老汉是世旺老汉的老伙计，老伙计上门，怎么可以不留饭就走人呢？

世旺老汉刚说留客，合秀抬腿就去了菜地割韭菜——黑王寨待客，韭菜炒鸡蛋是必不可少的一道菜。

早先穷，鱼啊肉啊不年不节难得一见，韭菜炒鸡蛋就成了主菜，好歹是见了荤腥；眼下日子好过了，鱼肉不再是稀罕物，可韭菜炒鸡蛋还是没离开黑王寨的餐桌。这道菜已不仅仅是一道菜了，它成了一个符号，一个象征，表达着主人对客人的尊敬和热情。

早上出门前，顺柱老汉是起了心的，他要把黑王寨当年光屁股玩过的老伙计们挨个看一遍，然后就想办法自行了结。最后一次上门，算是跟老伙计们辞个路。

路却不好辞。在世旺老汉这儿被绊住了脚。

"一顿饭的家，我还是当得的。"世旺老汉把话都说到这个份上了，顺柱老汉再说走人，那是打老伙计的脸了。

世旺老汉眼下住的是合秀家五正六厢的大房子，相当于倒插门呢。在过去，黑王寨倒插门的女婿是没有发言权的，干活有你，吃饭有你，当家主事没有你。老祖宗都这么盖棺论定的，你敢学那犟驴仰起脖子叫唤试试，早就有鞭子抽到你头上了。一个女婿半个儿，世旺老汉的身份，严格来说，半个儿都算不上，更不敢甩嘴说自己是乡长的半个爹。

何东海能同意他娘跟世旺老汉单开伙，是因为世旺老汉救过他娘一条老命。夏天那场暴雨，山上冲下来的泥沙碎石，堵了合秀家的阳沟，世旺老汉一大早来给合秀疏通阳沟时，发现她被一条毒蛇咬了，倒在地上，浑身抽搐，要不是他用嘴吸出毒血，不知道合秀能不能保住这条老命呢。这件事让何东海对

蛤蟆打哇哇

世旺老汉心生感激，也让他对老娘充满了愧疚。他娘中年守寡，含辛茹苦地把他们兄妹抚养成人，一个个获得了远大前程，老了老了，却还是一个人单着，身边也实在需要个伴了。

其实，何东海知道他娘有跟世旺老汉合家的意思，甚至晓得娘跟世旺老汉早就暗生情愫了，只是早年他兄妹还小，娘怕儿女面子上磨不开，才没有迈出那一步。问题是，乡长的娘要是死在家里没人知道，何东海的脸就不是事了，耽误了美丽乡村建设，岂不让人笑掉大牙？使鳏寡孤独者，得其所养，封建社会都要保证这些弱势群体老有所养，老有所依，新农村建设不但要关注老年人的温饱问题，还要关注他们的情感需求。

让世旺老汉跟自己老娘合住，于情于理，于公于私，都应该。何东海这也是开了黑王寨的先河了。

合情合理的事，在贵喜这儿，怎么就行不通了呢？

贵喜就是彩云生的那个孩子，也是顺柱老汉的侄子。

顺柱他哥去世时，贵喜才五岁。他哥看看彩云，又看看顺柱，末了丢下句话说："三十年后，你要是愿意，就给顺柱做一碗面疙瘩吧……"他们都明白这话的意思——在黑王寨，只有新婚的妻子才会给自家男人做新麦出来的第一碗面疙瘩呢——可不是当下，而是三十年后。也就是说，他哥同意顺柱跟彩云合家过，但必须再等三十年。他哥知道顺柱和彩云心里都装着对方，可跳蚤还有针尖大的脸呢，鳏叔娶寡嫂，毕竟不是体面的事；何况，贵喜才五岁，往后的路长，还要做人呢，三十年后，贵喜成家立业了，也就无所顾忌了。

顺柱点了头。

彩云也点了头。

谁承想，这个头一点就是三十年。

两个人的脖子都被挂得沉甸甸的。

两颗种子早就在地下连上了根系，浸过心血，润过泪水，照过日光，照过月光，就是见不得阳光。为着哥的临终遗言，他们苦等苦熬了三十年，春天到了，就等着蛤蟆那一声叫——蛤蟆打哇哇，四十五天吃疙瘩。

黑王寨第一声蛤蟆叫响时，彩云到灶房外拿柴火，咯哇的声音吓了她一跳，她手往回一缩，柴火哗啦一声掉在地上，横七竖八散在禾场上。同时散落在地上的，还有她三十年的心思。

西山顶上的太阳晃了一下，不见了，暮色就罩了下来。远远地，小叔子顺柱的咳嗽声传过来，随着那咳嗽声，还有顺柱的脚步。这是顺柱第一次在傍黑时分把脚迈进她的院子。丈夫死后，顺柱倒是经常过来帮忙，但一早一晚，两头都在阳光下，三十年从没在天黑时进过她的家门。

嫂子小叔，稀里糊涂。黑王寨虽有这样的戏言，但戏言总归是戏言，谁要拿戏言当真，那脸面就要装进裤裆里了。

"蛤蟆打哇哇了……"

顺柱老汉没头没脑说出这么一句话，然后拿眼盯着彩云。

彩云的脸一下子红得像她的名字，眉眼低着，却没有接话。

"要吃面疙瘩了呢……"顺柱靠在门框上，又补上一句，好像是自言自语。

彩云顺了一下耳边的鬓发，嗔怪说："我又没聋没瞎，看不见还听不见啊……"

顺柱老汉一下子结巴起来："那，那你要记得啊……哥说过的话要作数，这都三十年了……"

话结巴，腿脚还算利落，转身就出了家门。

脚步声深深浅浅，锤子一样敲打在彩云心上。

就剩四十五天了，该怎么跟儿子张嘴呢？寡嫂跟鳏居的小叔子合家，好说不好听呢。可再想想顺柱老汉，三十年了，也真够难为他的。人一辈子能有几个三十年？当初走路带风的壮小伙如今成了脚步蹒跚的老汉……

夜色水一样漫了上来。如水的夜色里，一只蛤蟆又叫了一声："咯哇。"

然后又是一只："咯哇。"

然后，无数蛤蟆叫起来："咯哇，咯哇，咯哇，咯哇……"声音搅乱了夜色，更让彩云的心一点点乱了。

乱归乱，但三十年的承诺不能乱。

满脑子被蛤蟆叫声包围着，彩云冲厢房里的贵喜说："新麦收了，跟我说一声啊……"

贵喜从厢房里出来，说："新麦收了？你把我从城里叫回来，就是为了收麦？"

彩云说："对啊，我要做碗面疙瘩。"

贵喜笑了，都啥年月了，娘还是忘不了乡间这个小吃。不过，有一说一，娘做的面疙瘩，均匀，晶莹，如白玉一样，悬在汤水里，不冒头也不沉底，上面漂着葱花香菜，要色有色，要味有味。贵喜在城里吃过饭店里的面疙瘩，却总没有娘用新麦面做出的香，亏得城里人还起了好听的名字——水上漂。这些年，贵喜全家在城里打工，漂来漂去，好像已经忘记了老家的味道。前些日子，娘捎信让他回来，他本是不想回的。不就是几亩麦嘛，眼下有专业收割队，轰隆隆机器一响，干干净净的麦粒就送到家了，用得着他来回跑路吗？可娘说她身子不好，无论如何让他回来一趟。这不，还真是为了那碗新麦面疙瘩。

不对，以娘过日子的算计，不单单会为了给他做一碗新麦面疙瘩,让他搭上几百元的车费,那得多少碗面疙瘩才能换回来。

刚才好像听见叔在院里说话,贵喜心里咯噔了一下,娘这时候还惦记着做一碗面疙瘩,莫不是为了叔?

收了麦,磨了面,彩云把厨房收拾干净,又把自己也拾掇齐整了,就开始和面。火架起来的时候,彩云对贵喜说:"去吧,把你叔叫来。"

"怎么想起叫我叔来吃面疙瘩了?"贵喜明知故问。

"咋啦?你叔就不能来吃碗面疙瘩?"彩云反问,"你个没良心的,小时候你叔可没少疼你……"

看到贵喜来叫,顺柱老汉别提多高兴了。贵喜小时候就跟叔亲,那会儿,顺柱就是贵喜的腿,从小学到初中,帮着背书包,帮着送粮食,上山下岭的,哪回不是他顺柱跑腿?以至于老师同学,都把顺柱当成了贵喜他爹。虽说叔不是爹,可跟当爹的也差不了多少。哥死后,顺柱老汉一手托两家,帮着彩云把贵喜抚养成人;贵喜大了,修房子、娶媳妇,顺柱老汉也贴了不少钱;后来,等贵喜生了闺女,他闺女上学念书,还是顺柱老汉帮着上山下岭地接送;再后来,贵喜一家进城打工,又是顺柱老汉赶车拉着行李,一直把他们送到车站的……

于情于理,顺柱老汉跟彩云合伙过日子,贵喜应该是最没意见的。所以,他过来时,还特意带了一瓶酒。吃新面是要喝酒的,面疙瘩就酒,越喝越有。好日子不就是盼着越过越有吗?

面疙瘩还没做,菜先摆上了桌子,贵喜就陪着顺柱老汉喝了起来。爷儿俩一边喝,一边说话,前情往事,芝麻黑豆一样倒了出来。从贵喜幼年丧父,说到他娘拉扯他长大不易;从贵喜骑在他脖子上看戏，说到接送贵喜上学下学……说着说着，顺柱老汉就先把自己感动了。但贵喜好像一直心不在焉，他想的是过一会儿他叔会不会说出他不想听的话，真要说出来了，他该如何应付。

酒喝到一半的时候，彩云把面疙瘩端上桌来。

正所谓酒壮屄人胆，顺柱老汉以酒遮脸，一把抓住彩云的手说："忙了半天，你也坐下来喝一杯吧……"

彩云急忙往回抽手，却抽不回去。

贵喜的眼睛就死死盯在那两只手上。

彩云嘴一撇："喝醉了吧你？"

顺柱老汉说："我才没喝醉呢。今儿当着孩子的面，你给我一个话吧。"

"什么话？"贵喜冷着脸插了一句。

"合……"一个"家"字还没说出口，顺柱老汉脚被彩云狠狠踩了一下，他疼得啊哟叫了一声。

贵喜看在眼里，脸上却装着糊涂："叔，你这是咋啦？"

彩云接过话头："能咋呢，吃撑了呗，肚子疼呗……"

顺柱老汉见彩云脸色不对，立马顺口说："是，是啊，我这是乡巴佬不聚财，饭一饱屎出来。"

说着，装成要上厕所的样子，捂着肚子跑了出去。

彩云一脸尴尬地望着贵喜。贵喜呢，还是假装糊涂，问："我叔要跟谁合家啊？"

彩云半张着嘴，一时不晓得如何回答。

贵喜并不理会他娘，继续说："不会是跟你吧？娘，三十年你都熬过来了，还熬不过这三十一天？"

贵喜说的是黑王寨的土话。小月三十天，大月三十一天，这句土话是有深意的，意思是多出的这一天是可以不作数的。贵喜这么说就再明白不过了，别说多出一天，就是多出一年、十年，都只能一个字：熬。

彩云手里的碗咣的一声掉在了地上，汤汤水水的面疙瘩四溅开来，碗却没有碎。彩云身子一软，蹲在了地上，一张老脸埋在了手里。院外蛤蟆的叫声知趣地一点点消失，地上有几个面疙瘩在菜叶下探出头来，窥人隐私似的。

人，跟着就落下病，卧床不起了。

合秀从地里回来，手里攥着一把翠绿的冬韭。

"你老弟兄坐着说话，我给做菜去。"合秀扬了下手里的韭菜，"腊月头的韭菜香，壮阳气呢。"

"嗬，这味道，鲜，冲！"顺柱老汉抽一下鼻子，"那就劳烦弟妹了，今儿，我得跟世旺兄弟好好喝顿酒。"

话虽说得雄起起，心里却做不到气昂昂，壮不壮阳气的，有什么用？三十年，身子里的阳气早耗尽了，实指望能跟彩云合了家，养一群儿女般绕膝的鸡鸭，把日子过欢腾，没想到这点指望也成了空。罢了，辞路前，猛吃一顿，做个饱死鬼，精精神神赴黄泉，替彩云蹚条路子，小鬼什么的也不敢欺负。

菜刚上桌，两人还没拉开架势，陈六来了。

"嗬，可真是来得早不如赶得巧，该我有这口福。"陈六一边说着，一边毫不客气坐下。

"咋也不多你这一嘴。正好，陪你叔们喝两杯。"合秀说。

黑王寨人走门串户，都会掐着时间，多数会选在饭后，一般不会赶在饭点上。饭点去，主人家会客气地留饭，饭后去，主人家最多就是热情地留你喝杯茶。不是担心主人管不起一顿饭，是吃了人家的鸡鸭，就得还上一餐鱼肉，谁家的鸡鸭鱼肉都不是大风刮来的。

陈六是村干部。他当村主任这么多年，不是自家的饭桌，他的嘴还不往那儿伸呢。

但合秀家例外。世旺老汉能够跟合秀单开伙，陈六功不可没。乡长何东海委托陈六帮着照看他的寡娘，陈六有事没事常往合秀家跑，就经常碰到世旺老汉，时间长了，就看出了眉目。但看透不说透，还是好朋友——乡长让他照看寡娘，他给照看出一个爹来，这叫什么事？所以，在何东海点头前，陈六没少替两个老人打掩护。

合秀心里明镜似的，不管陈六啥时候上门，一定是要留饭的，实在没工夫吃饭，一碗荷包蛋肯定跑不了，又不费事，沼气灶一开，从鸡窝里随便抓几个鸡蛋，现成的。

陈六就开玩笑，说："不怕我吃惯了嘴，蹽惯了腿？"

世旺老汉在一边呵呵乐，说："不信你能把乡长他娘吃穷。"

合秀白一眼世旺老汉："拿别人东西送人情，你倒是一点都不难为情。"

"有啥好难为情的？"世旺老汉很喜欢看合秀翻白眼的样子，"电视上说了，拿捏过了头，那就是矫情。"

趁机就把他跟合秀的事挑明了，并托陈六打探何东海的口气。

陈六喜欢看两个老人打情骂俏，大方的，却不过分，温暖的，却不热燥，难怪把老年人的感情叫夕阳红呢。要是黑王寨的老人们都这样，该多好！世上再恩爱的夫妻，也不可能同赴黄泉，走着走着路上就丢了伴；当下村里的年轻人大都进城打工去了，剩下这些鳏夫寡妇，生活没人照应，情感没有慰藉，无端里就多出不少是非，也给陈六工作添了许多麻烦。

终于有了个机会。那天乡里召集各村主任开会，动员开展美丽新农村建设，乡长何东海在会上长长短短地说了许多，归纳起来是四句话，把净化当家事办，把绿化当产业办，把村庄当公园扮，把文明当家常饭。陈六当场就提问，农村养老算不算文明建设？何东海说当然算。陈六说："那好，等会儿我跟你合计一下黑王寨养老的事。"陈六说，"村里放单的老人越来越多了，子女不在跟前，日子不好过啊。我能照看你乡长的一个寡娘，可照看不了全村那么多鳏寡老人。叫我说，不如让他们自愿结对，合家合灶吧。"

"行是行，但必须两相情愿，你可不能乱点鸳鸯谱。"何东海拍板。

陈六说："那是自然，牛不吃草咱能强摁头？"跟着打蛇顺杆上，提出了世旺老汉跟合秀的事。

娘的晚年幸福跟文明建设的事挂上钩了，何东海到底是乡长，觉悟高，当场点头表示同意。

陈六是来报喜的，没想到会在合秀家碰见顺柱老汉，说："正好顺柱叔也在，省得我多跑一趟了。"

顺柱老汉说："多跑一趟找我？有啥事？"

"先喝酒，等会儿跟你说。"陈六说，"好事下酒，越喝越有。婶子，拿酒啊。"

"好事？好事都在别人屋里头，躲着我呢……"顺柱老汉说着，深深望一眼世旺跟合秀，长长叹一口气。

陈六心里就沉了一下。女怕托腮，男怕叹气。女人托腮，是有了心事，心事太重难免伤了身子；男人是家庭的顶梁柱，再累再苦也得坚持，叹气是一种很不好的习惯，久而久之会让人丧失信心，失去斗志，一叹穷三年，这可不是说着玩的。

陈六点了烟，眯着眼睛吸了一口，说："顺柱叔，是你自己不愿意过太上皇的日子，怨谁呢？"

顺柱老汉眉头一皱："取笑你叔呢，谁有太上皇的日子不过啊？"

陈六吐了口烟，挤挤眼，说："这嫂子小叔，稀里糊涂，又不是今天才说起，顺柱哥你咋就非得装清白啊？"

顺柱老汉苦笑一下，又长长地叹了口气。他不是装清白，他是真清白。跟彩云那点儿事，不用红口白牙都说得清，老天爷长眼看着呢。三十年，他们心里装着对方，却没有任何瓜田李下的纠葛，为的就是清清白白地给自己修条路，可是，中间拦着贵喜，硬是过不去了啊。也罢，正好碰见陈六，也省了专门去向他辞路了。

顺柱老汉跟彩云那段故事，天上说到地下，都该有个十全十美的结局了，咋还说不清白了？

顺柱老汉有叹气的理由，早上辞路时，他被贵喜鼻子不是鼻子脸不是脸地杵了，怎么说自己都背着叔的身份呢。

应了黑王寨那句老话，起来得太早，撞见鬼了。贵喜那神情确实有点鬼鬼祟祟的，在当时。

天才蒙蒙亮，贵喜居然去地里捡两个谷草把子回来。自打有了收割机，稻草垛在黑王寨已经成了历史，谁还费那老鼻子劲把谷草把子收回来，不喂牛，谷草就没了用途，收割机直接给粉碎在田里，一个冬过去，成了有机肥，省时省力还省心。这当儿出门捡谷草把子，肯定是家里有了不省心的事，还不好为外人道也。

偏偏，顺柱老汉撞见了。年轻人撞见了没啥，还以为贵喜捡谷草把子引火用。这就是年轻人没生活阅历和处世经验了，黑王寨人，除了逢年过节做大事用柴火灶，其余时间，都用沼气灶。

贵喜捡谷草把子回来，路上碰见叔，那一刻，他真的无处安身了，原想把谷草把子藏身后，可那么大的谷草把子，藏不住啊。

顺柱老汉一眼就能瞥见。

咋不瞎了你眼呢，心里诅咒着叔，贵喜身子一侧，隐在一株荆棘丛后面，蹲下去做拉屎的模样。一般人见了这个场面，会很配合，假装什么都没看见，目不斜视地走过去。顺柱老汉是出来辞路的，别说人了，看见一条狗，他都会呱啦两句，人世间最后一点念想，错过这一次，就是错过这一生。能装进眼里的，都带走；能装进心里的，全装下。

到了另一个世界，才不孤单。

顺柱老汉就停下脚步，对着荆棘丛后面使劲咳嗽，刚才走得急，喘气不匀，是真咳嗽。因为真，这咳嗽就带着催人的意味。贵喜蹲不下去了，满脸不高兴地站起来。

顺柱老汉这一连串的咳嗽，犯了黑王寨大忌，管天管地，管人屙屎放屁，当叔叔咋了？没人受你这个头。真的屙屎放屁，贵喜无所谓有没有人管，关键是手里那个谷草把子，让他脸面无处安放。黑王寨心思稍微重一点的人，都能猜个八九不离十。

顺柱老汉那会一门心思要把路给辞得排排场场的，图的是死后有人念及时落一句，顺柱这人啊，活着是个好人，死了是个好鬼。

做好人，在黑王寨很简单，就是为他人着想。

看见贵喜身后那个谷草把子时，顺柱老汉愣怔了一下："贵喜你真是会过日子啊。"

贵喜脸上没半点贵气喜气，一脸的没好气："我会不会过日子要你来教？"

话有点打人，叔侄身份在那摆着，贵喜这是忤逆长辈的节奏呢。

儿大不由娘，别说是侄儿了。

顺柱老汉苦瓜脸上挤出一丝讪笑解释："那是，那是，我是担心谷草把子把你屁股给擦伤了。"

早先日子艰难，黑王寨人野地里屙屎都不怎么讲究，擦屁股有用土坷垃的，有抓一把树叶的，更有用谷草把子的。小时贵喜最不喜欢用谷草把子擦屁股了，谷草把子扎肉。日子好过了，这些东西才退出屁股那方舞台。

顺柱老汉的讪笑还没完全绽放开来，贵喜已经把谷草把子倒提着，脑袋一扎，肩膀一斜，脚下带风，走了。擦完屁股了，还带着谷草把子干吗？望着贵喜远去的背影，顺柱老汉使劲抽了抽鼻子，居然，没闻见意料中的屎臭气。

难不成是自己身上哪点不清爽，惹贵喜不高兴了？

应该不会，出来辞路前，顺柱老汉特意对着镜子看了一下自己的尊容。说镜子，有点抬举那个破成三角形的玻璃片，当初婆娘嫁过来时镶嵌在梳妆台上的，镜子里面的反光层已经花了，显现的镜像很模糊，好在顺柱的脸蛋也是皱纹密布，无损于形象。

之所以看一下镜子，是顺柱想看看自己辞世时的容貌，有没有给侄子丢脸。

人活一张脸，就是死，也得给寨子里老老少少留个清爽样子。想到这儿，顺柱居然有了小得意。

这一小得意，令顺柱老汉心律不齐起来，像是有个弹簧秤把他的心凭空往下扯了一下，又使劲往回收了一下。顺柱老汉赶紧拿手揉心口，感觉那有团乱麻，理不顺，但可以揉得软和一点。

心律还真的软和下来。

世旺老汉看顺柱老汉的眼神，是软和的，世旺老汉说："抽根烟，烟顺气！你看我就晓得。"

顺气的哪是香烟呢，是日子。顺柱老汉不看世旺老汉就晓得，世旺老汉日子如今过得顺风顺水的。酒，从来没断过，何冬梅每周从城里回来，都拎一壶酒厂的头子酒。米，是何东海带来的，贡米呢，过去只有娘娘才吃得上嘴的。

顺柱老汉的泼天大愿说出去不怕人笑话，就一碗面疙瘩，偏偏硬是吃不上嘴。

彩云嘴里一口气，就那么悠着，一口半天进不去，一口又半天出不来，游丝一般在喉咙里打转。

这根丝线悠在谁的头上才是贵喜犯愁的根源，手里那个谷草把子被他藏在身后，躲躲闪闪溜回了家门。不是担心娘看见，是怕寨子里人发现。给门上好闩，贵喜长长叹口气，娘起病的日子不短了，让他不得不在穷途上找歪路。

恶恐人知，贵喜这是心里起了对娘不敬的念头，尽管他眼里含了泪。

黑王寨有个古方，若是老人一口气咽不下去或者喘不出来卡在鬼门关上受苦，可以将点燃了的谷草把子从房梁上扔过来扔过去，只三回，人准断气。只是这事，做出来不光彩，别人会指脊梁骨骂的。为了排排场场将老娘送走,贵喜只能出此下策。

假若娘回光返照,要死要活提出跟叔合家,自己能让娘死不瞑目？临死前最后一点心愿都不能满足娘,自己不是白披了一张男人皮？

窸窸窣窣到了厨房,贵喜摸出打火机。

人还没到正屋,娘的声音冷不防从厢房传了出来:"贵喜,贵喜,蛤蟆打哇哇了呢。"

贵喜吓一跳:"睁着眼睛说鬼话,蛤蟆都冬眠了,怎么打哇哇？"

娘的声音却打哇哇似的:"贵喜你过来,娘有话跟你说。"

娘莫非发现他想干什么？平时嘴里气若游丝的,今天这中气,比贵喜都足。

"蛤蟆打哇哇就打哇哇呗,"贵喜媳妇冲贵喜一伸手,"给我！"

"什么？"

"打火机啊！"贵喜媳妇不耐烦了,"娘说来说去,不就是想吃一碗面疙瘩吗？我来做给她吃,人到这个份上,吃的就不是面疙瘩,是尘世上最后一点念想。"

"面疙瘩好吃,叔不在跟前,她能吃得下？"贵喜不服气。

"你就不晓得哄娘说,让她吃饱了有力气起床,一会叔来了,由她亲自下一碗面疙瘩给叔吃！"

彩云亲自下一碗面疙瘩什么概念？等于给顺柱老汉一个合家的承诺。

"你不怕娘吃了面疙瘩真的说出有天管无地收的话？"贵喜心里烦躁躁的。

"船到桥头自然直！"贵喜媳妇恶狠狠瞪一眼贵喜，"还不把谷草把子给丢门外去，遭雷打的事，你居然都敢朝那想。"

太上皇的日子，顺柱老汉打死都没敢想。

陈六笑，说："叔你这不是没打死吗？"

世旺老汉听出陈六话里有话，冲顺柱老汉肩头拍了一下，说："你听陈六把喜报完。"

陈六慢条斯理吸一口烟："就怕我喜没报完，你这桌酒席少了人吃。"

顺柱老汉一怔，他可是铁了心做饱死鬼的，怎么会不吃酒席？

看陈六一本正经样，顺柱老汉忍不住支起了耳朵。

这个喜我是代表乡长报的，陈六清清嗓子。

在刚刚召开的人大、政协会上，有人大代表联名提出一个建议，关于农村互助养老的事。互助养老，其实很简单，在家里有青壮年劳力的人家，设个养老点，这户人家必须在村子中心位置，让老人们来往方便。设备不需要添置，就桌椅麻将扑克象棋电视之类，家家户户都有。老人们每天集中一起，拉家常，聊闲话，下棋打牌，都行，中午由养老点管一顿中饭。这个伙食费，可以每个老人家里象征性交点，也可由村集体发放，村集体账上没钱好说，由乡政府来想办法。

养老互助的首个试点，被何东海争取到了黑王寨。

坦白说，老人们在一起，在乎的不是吃喝，是有人说说话。

这年月的年轻人，愿意陪老人们说话的，不多。他们自己在一起都不说话的，都是面对面抱着手机，要么自言自语，要么呵呵直乐，等你凑过去吧，人家把画面一关，啥都看不着。

再者说，有几个老年人会没皮没脸往年轻人手机上瞅呢？那是年轻人的世界。一来瞅不着，二来瞅不懂。同样的，老人们嘴里翻来覆去的那一套，年轻人也不耐烦听。

电脑手机里面，家事国事天下事稀奇古怪事多得恨不能睁着眼睛睡觉，老人们那点往事，有的比吗？什么大包干，什么修三线，什么打大坝，什么斗私批修，儿女们知道得最多的，不外乎是农业学大寨工业学大庆，还是从书上电影上晓得的。没经历过那些岁月，自然没有认同感，没有认同感，哪来共同语言？所谓的回忆，首先必须有一点，能够共情。能够共情的，自然是当年一起战天斗地的老人们了。

陈六喜刚报完，顺柱老汉眼睛亮了："寨子里真的办互助养老点？"

"政府几时说话没算数过？"

"我这就买鞭炮去！"果然叫陈六说准了，顺柱老汉用跟自己年纪极不相称的敏捷身手，从椅子上弹跳起来，办互助养老点哪能没个响动呢？

"养老互助点还没建立，你放哪门子鞭炮！"陈六不无善意地取笑顺柱老汉说，"想跟彩云报喜只管明说，知道你们有日子没见了，正好借着这个由头，去跟她光明正大见一面。"

顺柱老汉的一张老脸，顿时红得泼了血一样。

"去吧，"合秀心软，见不得顺柱老汉难堪，"以后你们去养老点，一早一晚搭个伴，保证贵喜不敢说半句闲话。"

"光天化日之下呢，谁敢嘴里嚼蛆，那就是没家教了，黑王寨不出这样没家教的人。"

互助养老点，不外乎就是让大家每天一起见个面，每个人身上有点头疼脑热什么的，大家都能够心知肚明，晚上有人悎记上，照应着，方便跟老人的儿女们提个醒。

平时大家各人住一个山头，白天还好，晚上真有点什么，喊天不应叫地不灵。

虽说老人家都有手机，可多数人都是晓得接电话，真要遇点事拨号出去，一个个都手忙脚乱，不是摁错键，就是滑不开屏保。

人老了，不单脑子不灵光，手脚同样不灵光。

互助养老，跟年轻时大集体搞互助组同一个道理。

看着顺柱老汉雄赳赳气昂昂的架势，陈六心里对自己说，互助养老这事不能拖，老人们盼望着呢，不能让老人们心劲断了。

人，活的就是一个心劲。

贵喜媳妇把面疙瘩端到床前时，彩云吧嗒了下舌头，把碗推开。

贵喜把碗再递过去，说："不吃不喝哪来力气给叔下一碗面疙瘩？"

"你……让我给叔……下……下面疙瘩？"彩云眼珠子一亮，说话都带了喘息。

"是啊，您刚才不是说蛤蟆都打哇哇了吗！"

话音刚落，贵喜手里一空，那碗面疙瘩到了彩云嘴边。

彩云吃得很急，一个面疙瘩还没下喉咙，第二个面疙瘩进了嘴，手里筷子则探向第三个面疙瘩。

贵喜见不得娘这个吃相，一斜膀子把媳妇带出了厢房。

彩云的碗就在这个时候掉在了地上，咣的一声响，汤汤水水的面疙瘩四溅开来。贵喜一回身，发现娘已经跌落在地上，正翻着白眼，一双手抓向散落一地的面疙瘩。

贵喜媳妇一声娘您怎么了还没问出口，喉咙咯咯作响的彩云已经咽了气。

落气鞭是准备好了的，贵喜居然点了好几次，鞭才炸响。

鞭是万字头的，带炮，响得很排场，奇怪的是，那么排场的鞭炮声响竟没压过贵喜的哭腔。

贵喜的哭腔透着奇怪，一疙瘩一疙瘩的，像蛤蟆的叫，哇哇，哇哇的。

这哇哇的叫声，有一个人听得最真。

这个人，是顺柱老汉。顺柱老汉买了鞭炮，第一时间来给彩云报喜。要不了几天，两人可以光明正大地一路来一路去，搭伴到互助养老点安享晚年。顺柱老汉甚至都想好了，到时他还要给贵喜娘买一双老北京布鞋，听说那鞋子，可养脚了。

贵喜娘的脚不好，年轻时泥里水里，活路做得太狠，脚趾有点畸形。

贵喜的哇哇声，让顺柱老汉瘾症了一下，瘾症是因为他明明白白听见哇哇声之前，是噼里啪啦的鞭炮声，自己手里的鞭炮，没点燃啊！

眼前倒是有个东西被点燃了，是贵喜手里那个谷草把子，一高一低地抛过房梁，来来去去地，三回。

顺柱老汉眼前一黑，跟着有亮闪闪的金星，在脑门心一蹿，没蹿起来；再蹿，还是没蹿起来。

有蛤蟆的哇哇声，在他脑海中铺天盖地响起。

像城里人那样生活

签完字，一张银行卡弹到面前，后面跟着一串金晃晃的铜钥匙。钥匙是弹不起来的，扶不上墙的稀泥巴一样瘫在陈铜富刚才胳膊支撑过的地方。

四把钥匙，意味着将来陈铜富的户口簿上还会多出两个人来，不然就不能物尽其用，四减三，还剩下一把钥匙，自然是备用了。

陈铜富的爹没死时，习惯在大门的门槛下放一把备用钥匙。

哪怕家里面大水冲洗过一样干净，不上锁的屋场，顶多只能叫放牛场。

陈铜富没见过娘的面。娘把血流完了，陈铜富才从娘的身子下面流出来，好像陈铜富在娘肚子里就听说在人世间生活是很艰难的一件事，万分不情愿出来见天日一样。

户口簿上第一个多出来的人，应该是陈铜富的媳妇，陈铜富眼下单身，不等于他会一辈子打光棍儿。人是三节草，总有一节好，整个驿阁桥，谁能想到陈铜富第一个拥有了城市户口。

户口簿上第二个多出来的人，最好是儿子。

老陈家的香火，不能在陈铜富手里断了。

这之前，陈铜富以为，香火断不断都无所谓，陈铜富年年给祖宗敬香火，也没见祖宗保佑自己一回。陈铜富只是想有个可以使唤的人，男女不计，在自己老得无法动弹时，给自己买一口吃的，喂一口喝的。

若不然，做个饿死鬼，多冤。

签自己大名前，已近不惑的陈铜富活得确实很艰难，也活得确实很疑惑。

如同他爹留给他的那三间摇摇欲坠的破土屋，倒塌下去的日子"指日可待"。

天可怜见，陈铜富的日子没倒塌，还抖擞起来。

醉汉一般摇出拆迁办，下楼梯时，陈铜富的一双腿还小儿麻痹症患者样，绞着麻花。狗日的，咋这么没出息？都城里人了啊。

内心的这个念头一冒出，陈铜富对楼梯拐角处那个垃圾桶就产生了莫名的亲近，这可是城里人整出来的垃圾啊。

以后，他门前的楼梯拐角处也必须出现这么一个垃圾桶，那是成为城里人的一个重要标识。

城里的苍蝇都是有标识的，看看这桶垃圾上面的苍蝇就能知道个大概，它们远比陈铜富土屋后面粪池里的苍蝇要处变不惊，能够无视陈铜富这么个大活人打摆子样晃晃悠悠地走近，还安详地在趴在那儿搓着一双细腿，瞅不出半丝半毫要一哄而起乱逃乱窜的迹象。

一副见过大场面的做派。

什么东西，只要跟城里沾上边，就立马贵气起来。

这不奇怪，鲁迅先生写过一篇题为《藤野先生》的回忆文章，文中写道：福建野生着的芦荟，一到北京就请进温室，且美其名曰龙舌兰。

陈铜富不知道鲁迅不奇怪，陈铜富不知道龙舌兰也正常，作为一个出的门少见的事少的乡下人，陈铜富有机会并有权利晓得，城乡之间那种不加掩饰的差别。

一念及此，陈铜富很不加掩饰地仰起了头，大刺刺地把膀子张开，双腿也很有气势地岔开。陈铜富看电视上，城里人都这么走路的，跟驿阁桥背后窑河沟里的螃蟹似的，很有点不可一世。

陈铜富的不可一世，让站在二楼拆迁办门口的陈友贵很可笑，陈友贵原本是很可气的。

搁城里人嘴里，那叫哀其不幸怒其不争。

狗肉上不了正席，老话说得还真在理。

作为村主任，陈友贵懒得生这个没出五服的兄弟陈铜富的气了，命里只有八斗米，走遍天下不满升，说的就是陈铜富这种人。

陈友贵是动了恻隐之心，要暗中帮陈铜富从八斗米向满升过渡的。

偏偏，陈铜富误解了陈友贵的意思，书读得少的人，脑袋就是不开窍！

连最简单的言彼意此都不能领会！陈友贵恨铁不成钢地咬牙，咂舌头。

陈铜富你就是真的长了个狗脑子，也应该晓得，驿阁桥多少人眼巴巴望着，凭什么好事第一个一定要轮到你名下？

想一想就该明白，怎么就那么手贱，签了字不说，还欢天喜地的？

物离乡贵，人离乡贱，这一颠扑不灭的真理，不信你陈铜富没听说过，没吃过肥猪肉，还没见过肥猪跑吗？

可眼下，陈铜富肥猪一样跑了，看他挓挲着双臂岔开双腿的架势，真的以为自己就肥了壮了？搁城里乌泱乌泱的人堆里一扔，顶多是个田间赶麻雀的稻草人。

跟真正的人，有区别。

身为村干部，陈友贵很有自知之明，笑完陈铜富，就该拆迁办的吴主任笑一把自己了。

同样是主任，拆迁办主任跟陈友贵这个村主任的区别可是天上地下。

拆迁办主任只是吴大志的临时身份，吴大志的真实身份是县里管城建的副县长。

陈铜富把钥匙环套在食指上面，与肩膀持平，不停地晃悠着。

在陈铜富有限的思维中，这串金晃晃的钥匙开启的就是吉祥如意的大门。

城里人啊！

陈家祖祖辈辈务农为生的命运，在他手里，改写了。

再修族谱的话，呵呵，陈铜富这一辈跟他爹那一辈，很抱歉，应该划清界限了。

在这之前，对修宗祠续族谱什么的，陈铜富极度反感，有那闲钱修宗祠续族谱，还不如匀点钱给自己把房子修葺一下。

怎么说，一笔都写不出两个"陈"字的。

活的人都这么艰难，死人要那点风光干啥？

对重续族谱，陈铜富忽然心向往之了。

陈友贵在二楼看着陈铜富范进中举般，手舞足蹈地消失在街道的尽头，叹口气，回转身，叫花子死了蛇样把脸皱成苦瓜进了拆迁办。

的的确确，陈铜富是陈友贵手里玩的一条蛇。

陈友贵以为，死脑筋的陈铜富会帮他把吴县长施加给自己的压力顶回去的。

驿阁桥有一种莫拉牛，生就一对筛子角，干活不惜力，有一宗——特别喜欢顶架，顶红了眼时，主人都不敢上前去拉，它会连主人一起往死里顶，得用火烧，才能拉开架，因而得名"莫拉牛"。

在驿阁桥老老少少心目中，陈铜富就是这么一条莫拉牛。

干活，陈铜富是不惜力的，但天生喜欢跟人作对，谁日子过得比他好，他就挤对谁，往往一句话不对路，就红了眼，头上长角的模样，要顶人。

为此陈友贵没少骂陈铜富，仗着没出五服的兄长的身份，还仗着村主任名分，说你刺猬生的啊，当别人都是狗，张不开嘴咬你？

陈铜富不敢顶陈友贵，陈友贵眼神一喷火苗子，陈铜富就心虚。

人家不跟你计较，那是同情你。心软下来的陈友贵，话同样温和起来。

龟儿子才要人同情呢！陈铜富在心里骂，这点跟他同样不知道的阿Q的语气如出一辙。

早先续族谱时，陈友贵找到陈铜富，说你出个名分钱，这个钱我不好帮你出的！陈友贵这话是敲打陈铜富，每年的低保他可以帮忙，这种事他不能帮。

在驿阁桥生活过三年以上的狗，都知道驿阁桥祖祖辈辈有三不帮：一是拜菩萨的香火钱不能帮，二是剃头钱不能帮，三是修宗祠续族谱这种钱不能帮。

剃头不出钱，等于别人送你一个头，谁喜欢啊？变相咒你死呢。敬香更不用说了，出不起香火钱的除了死人还有谁？至于修宗祠续族谱，没后人的才不出份子钱。

陈铜富拿眼白看陈友贵，我不入陈家族谱，总行吧。

不入族谱，自然不用出名分钱。

陈友贵说你想清楚了，这族谱可是二十年才续一次的。

二十年，又一辈子人了。陈铜富咬的就是这个死理。

他都三十有八，四十岁喊得应了，还没个媳妇，族谱于他，是多么大的讽刺。

族谱这玩意，往小里说，是记录某一姓氏家族成员间的血缘关系的图册；往大了说，是记载一个家族的世系繁衍及重要人物事迹的志书。

陈铜富有自知之明，就算他的名字蹲在族谱上，没后世子孙繁衍，鬼晓得他活着时门朝哪边开，树往哪边栽。

陈友贵热衷续族谱，是因为驿阁桥陈家，八辈子不出一个吃公家饭的人。

在真正的公家人眼里，村主任，芝麻大的官都算不上的，露水大的前程，好意思叫吃公家饭？

陈友贵不这么看，露水大的前程，照样是前程。

缘于此，陈友贵就把个村主任当得尽心尽职的。

驿阁桥祖上的陈家，可是跟皇帝有过瓜葛的。

传说某朝某代某年，皇帝驾崩，膝下无子的皇帝在遗诏中说，他的子侄辈的王子，谁先赶到京城，谁就当皇帝，所谓先到为君，后到为臣。一个王子上京途中遇见风雨，被一个河沟阻拦，是陈家人把自家门板捐献出来搭成木桥让王子通过，王子如愿当了皇帝后拨款修了石桥，赐名御阁桥，设了驿站，叫来叫去，成了今天的驿阁桥。

看重自家前程的陈友贵从县里狠抓经济开发区、驿阁桥整体搬迁那一决定出台，就有强烈的预感，自己梦寐以求的前程在眼前铺开了。

拆迁在中国，是出了名的老大难，中央三令五申，不能强拆。

不能用强，县里得指望谁？肯定是他陈友贵。

上面千根针，下面一条线。

陈友贵在心里盘算了再盘算，只要自己把手中的线打好结，上面别说千根针，就是借来孙猴子的定海神针也无可奈何。

这根线，他系在陈铜富身上。

只要陈铜富不松口签字，县里就拿整个驿阁桥没办法。城镇建设再重要，也得听一听民间的呼声吧。

陈友贵不是要带头抗拒拆迁，他是想帮村民多要点拆迁费，这是于公。

于私，陈友贵需要借拆迁驿阁桥这件事，证明自己的工作能力，怎么说都是在副县长手下跑腿，拆迁有了功绩，吴县长能不赏识自己？

一旦赏识，陈友贵的前程岂是露水能够相提并论的？

吴县长已经几天没休息好了。

都是叫酒给整的。

不喝酒能怎么着？驿阁桥这地方，他人生地不熟。传说这个地方沾了点皇气，拆迁顺利的话，吴县长就是奇功一件，多少地方，拆迁起来，不是闹出人命，就是集体上访。

这个先入为主的念头一附体，对陈友贵的敬酒，吴县长就来者不拒了。

同样地，对陈友贵的说辞，吴县长也不好来者不拒。

陈友贵举起酒杯，征地费就不能再提高一点？

吴县长说我愿意当矮子啊？

陈友贵再敬酒，那青苗补助呢？这个可以灵活点吧？

吴县长很警惕，灵活点，我当然想灵活，谁有皮袄不穿打赤膊？

陈友贵看见吴县长拿两个手指虚空做了个捻钞票的动作。

陈友贵就心里起了气,这个不能那个不能,你这主任来搓尿的啊。

搓尿是驿阁桥的骂人话,意思是你不当家不做主还不如回家去搓卵子玩。

起了气也只在心里,陈友贵嘴里还是热乎乎的,关于这个征地啊,我倒是有个很灵活的主意。

吴县长的耳朵很敏感地捕捉到"灵活的主意"这五个字。

说说看,怎么个灵活法?吴县长反过来敬陈友贵酒。

擒贼先擒王,吴县长您肯定听说过!陈友贵讨好地帮吴县长夹了一个鸡大腿。

吴县长把鸡大腿翻来覆去看,鸡大腿上有几根没燂干净的绒毛。

陈友贵也看见那几根很容易被忽略的绒毛,笑了笑,打比方说,就拿这鸡腿上的绒毛来说吧,你没看见,吃进去也就吃进去了,没准还可以帮你把喉咙清扫一下。

吴县长想了想,是这么个理,刷牙还不是用的毛刷?喉咙那地方牙刷是鞭长莫及的。

可你看见了,就不是这么回事了,不吞进去,喉咙里都毛烘烘的,卡得难受。

陈友贵话还没完,吴县长身上就起鸡皮疙瘩了。

他不喜欢毛茸茸的东西在喉咙里面,还不如直接卡根鱼刺在喉咙,同样的难受,那种迎头一击的苦痛更容易被人接受。

陈友贵就趁机发难了,驿阁桥就有这么一根鸡大腿上的绒毛,我当村主任多少年,他就让我难受了多少年,关键是让我找不到疼痛的根源。

这句话不掺任何水分，陈铜富，确实让陈友贵找不到疼痛的根源。

有时可气，有时可恨，有时可怜，唯独不可爱。

是吴县长筷子上的那个鸡大腿上的绒毛，让陈友贵看见陈铜富可爱的一面，他可以当作自己手中的一颗棋子，再不济，也可以拿这根鸡毛当一把令箭。

吴县长的攻势，有点咄咄逼人。

兼任拆迁办主任第一天，吴县长就发了话，三个月不做好驿阁桥村民的拆迁工作，陈友贵这个村主任就地免职。

典型的斧打凿、凿找木，陈友贵心里一清二楚，书记、县长给吴县长的最后期限，肯定是半年。

同样的，书记县长跟开发商的协议，绝对是一年。

谁手里没点弹性空间呢？

当陈友贵白干村主任这么多年？

这也是陈友贵死扛着要跟吴县长较一把劲的由头，他不信，一场拆迁下来，他当村主任的，会没点好处可得。人前背后遭人骂多少回，老祖宗那点尸骨都被骂熟了应该。

有压力就有反弹。

陈友贵的反弹带着小农民特有的狡黠，他推出了驿阁桥最一根筋的陈铜富。

吴县长您不晓得，我们多么盼望早点当上城里人。

吴县长看着陈友贵，脸上写满不信，说我还真不晓得了，你们那么盼望当上城里人，这个拆迁工作在你嘴里咋那么艰难？

不是在我嘴里艰难，陈友贵解释，是陈铜富那人一根筋，嫌补偿费低了。

补偿费低，我还嫌天低了呢！吴县长阴冷着脸，喷出这么一句。

陈友贵从吴县长不屑的语气中听出，吴县长是骂陈铜富不知天高地厚，补偿费是你陈铜富说了算，还是我拆迁办主任说了算？

谁说了都不算！陈友贵给吴县长继续发难，这个陈铜富，您是不了解，杀了无肉，剐了无血。

吴县长冷笑，杀他剐他？当我刽子手啊？我是文明人，自然会用很文明的手段。

很文明的手段？陈友贵一怔。

比如说，从他儿子那里做工作可以吧？

他儿子还不晓得在哪个鸦雀窝里呢！陈友贵一点也不文明地接了上去。

那，让他姑娘……

吴县长还没想好往下说什么，想起陈友贵说他儿子不晓得在哪个鸦雀窝里，马上改了口，他总有相好的女人吧，这女人村里总能做工作吧？

陈友贵叹口气，他要是有相好的女人，就不会一根筋了。

吴县长眼睛瞪圆了，你不会说他连爹娘都没吧？

陈友贵学电视上王小丫的语气，恭喜您答对了，加十二分，他眼下寡汉条子一个。

这就有点棘手了，吴县长点燃一根烟，城里常用的拆迁招数在陈铜富身上不管用，城里再牛的钉子户，总有防线可击破的。

老的顽固可以找小的下手，小的固执可以找老辈人出头，就算是自古华山一条路，也难不住开发商。

乡下不一样。

停电？呵呵，陈铜富家一个月用不上三度电，农村电改以来，人家供电所免费安装的智能电表的成本都没收回来。停水，更是无稽之谈，驿阁桥还没通上自来水。拉撒这种在城里人看来特别不方便解决的事，在驿阁桥这地方，陈铜富向来是就地解决。

老话有行不通的时候。

陈铜富晃悠着钥匙，走走停停，到了一处新建好的小区，小区上面一个拱形的门上镶着很醒目的镏金大字：驿阁桥居委会。

签协议之前，陈铜富打探过，吴县长也表态了，驿阁桥的村民全都会搬迁进这个小区，谁先住进来谁讨好，最后进来的，只能捡人家挑剩下的房子。

既然是城里人了，再叫驿阁桥村，肯定格格不入。城里人，就得按城里的叫法，大家都不再是村民身份，是居民了，居委会就理所当然代替了村委会。

顺理成章地，陈友贵就是居委会主任。

目前陈友贵还不是，目前驿阁桥居小区真正的住户就一个人——陈铜富。

房子是根据人口分的，陈铜富人口少，到手的是一个九十平方米的小平房，足够住了。陈铜富之前的破屋倒是有一百多平方米，可能下脚的位置也就堂屋和睡房，不到五十平方米。

厨房和客房在爹死后，一直英雄无用武之地苟延残喘着。

陈铜富在新房里巡视了一番，很满意。

不满意的地方也有，就是驿阁桥小区住户不是按楼层设计的，而是根据村民习惯，前三间正屋，后面一个小院子，九十平方米的院子左边带一间厨房，一百二十平方米的右边多一间厢房。

陈铜富的不满意，是他门前的楼梯拐角处必须出现一堆垃圾，作为城里人的一个重要标识无法实现了。

平房，哪来的楼梯拐角处啊？

没办法，生活就是这样，美中总藏着不足。

幸好，陈铜富是一个极容易获得满足的人，大不了，出点钱，在自己门口安置一个垃圾桶。

垃圾问题解决了，陈铜富好像看见自己嘴里叼着烟，跟电视里那些城里人一样，出门，把手里装垃圾的黑色方便袋，顺手往垃圾桶里一扔，然后拍拍手，扯一扯衣服，再踮起脚，看皮鞋上是不是亮得能照出人影，然后冲身后一声吆喝。

吆喝什么呢？媳妇，还是孩子？这让陈铜富稍微犹豫了一下。

应该是先有媳妇，才有孩子的。

媳妇，是万万吆喝不得的。

得哄。

城里男人对媳妇，都是哄，不像驿阁桥的男人，动不动就巴掌上前，还振振有词地说什么打出的媳妇揉出的面。

陈铜富觉得，身为第一个当上城里人的驿阁桥村民，他有义务在对待媳妇这个态度上，做一番很有必要的引领。

把媳妇哄到位了，媳妇自然会投桃报李，把男人伺候到位。

驿阁桥的村主任陈友贵早先有句不上台面的话，说这过日子，不外乎就是锅里有煮的，胯下有杵的。由此可见，陈铜富的幸福观，跟驿阁桥的当家人陈友贵步调上基本保持着一致。

修族谱上的那点小分歧,陈友贵可以接受,求大同存小异,这是放之四海而皆准的真理。

陈友贵不能接受的,是陈铜富在征地一事上的态度,完全出乎自己意料。

他以为,按陈铜富的德行,在征地赔款这事上肯定要敞开嘴巴把萝卜喊出肉价。

天上难得掉一次馅饼,一个穷到快山穷水尽的人,难得看着一帮人求着自己,还不把威福作尽?

陈友贵特希望陈铜富变本加厉使唤一回吴县长,说使唤有点不妥,应该是变本加厉刁难一把吴县长,那样,他再出来挽狂澜于既倒,扶大厦之将倾,让吴县长见识到自己的工作能力。

陈铜富是这个当头炮的最佳人选,没爹娘,没媳妇,没子女,由他来给驿阁桥老少爷们当马前卒,再合适不过。

驿阁桥的刺儿头不是没有,问题在于,大家都有牵绊,很容易被经验老到的吴县长各个击破。

陈友贵百分之百相信,陈铜富这一锹泥巴,是可以堵上千锹水的。

吴县长您不知道,这个陈铜富是横竖不听人劝。

横竖不听人劝的人我干工作这么久都还没见识过!

那就请他来,您见识一下?陈友贵的请示口吻更像是挑衅。

让他来,不信他比六臂哪吒还多生一条胳膊。吴县长鼻子里哧出两股灼热的气体,气体里含着浓浓的酒气。

陈铜富进拆迁办时,吴县长正在奋力擤鼻涕,他有点感冒,酒精一作烧,鼻腔里就不通。吴县长擤得很投入,就没看见陈铜富。他的头往后仰着,嘴巴洞开着,眼睛眯着。陈铜富不明就里,看一边站着的陈友贵。

陈友贵悄悄使个眼色，故意拿话往陈铜富面前递，铜富兄弟啊，这一回，你可是穷人翻身了。

陈友贵的话再明白不过，他是点拨陈铜富变本加厉刁难吴县长呢。

算盘打得没错，但陈友贵犯了一个致命的错误——他以为，陈铜富跟他一样。

丁西早在小城，铁定是要划归在穷人之列的。

丁西早的穷，跟懒惰无关，她甚至一直是勤快得脚不沾地的女人。

用她男人陈志云的话来说，丁西早啊丁西早，你总算比去年进步了一点点。

丁西早和陈志云结婚以来，这是唯一一次得到男人表扬。丁西早就满脸殷切地望着陈志云，你说啊，你说啊，我哪点进步了？是做饭，还是穿衣？

陈志云彻底没了脾气，做饭穿衣嘛，你就是一二一、一二一。

丁西早不明白做饭穿衣跟一二一、一二一怎么扯上关系了，那不是学生娃搞正步走的口令吗？

陈志云说你还晓得一二——二 是喊正步走啊，你啥时能走进一二三四的旋律呢？

丁西早总算听懂了，陈志云说她做饭穿衣还在原地踏步呢。

那她的进步在哪儿？陈志云明明白白说她今年比去年进步了一点点的。

是啊，从弱智到愚蠢，进步可不是一点点！陈志云十分嫌恶地吐出这句话，连带还吐了口唾沫，出门遛街去了。

从这口唾沫可以知道，陈志云是不怎么待见丁西早的。

无独有偶，在驿阁桥，陈友贵也不怎么待见陈志云，一家之主，整天游手好闲，哪儿有热闹往哪儿钻，人家女人扎堆说点家长里短流言蜚语，他都能觍着脸扎进去不出来。

驿阁桥的鸡下巴，都被陈志云一人给吃了。

这是陈友贵在很多公开不公开场合糟践陈志云的话，陈志云听了还不以为耻，反以为荣，走到哪家坐席吃饭，筷子直通通指向鸡脑袋，假如席面上有鸡的话，还美其名曰奉村主任指示。在驿阁桥，陈友贵的言语还是有着不可动摇的地位，陈志云这么一"奉旨"，还真的把驿阁桥的鸡下巴都吃上了嘴。

陈友贵这原本就是一句骂人的戏言，驿阁桥祖辈传下来的，说吃了鸡下巴的人话多，喜欢接人家的下句子。

可惜了丁西早，在地里憋做，回到家里还得让男人攒劲骂。

往常遛街陈志云都是走到什么山头唱什么歌，今天他没转弯，照直了往城乡接合部走。路边扎堆的女人冲他招手，他懒得搭理，连一贯陪着他一起在村里游手好闲的大黄狗，他都没空逗一逗。

弄得大黄狗很生气，冲他背影汪汪叫了几声，一副志同道合的朋友遭受抛弃后，苟富贵被相忘般的不甘。

陈志云确实心存了不甘，整个驿阁桥，从天上说到地上，从河里说到岸上，从旱地说到水田，也轮不到陈铜富第一个变成城里人啊。

撇开村主任陈友贵，撇开村电工吴世海，怎么也绕不过他陈志云吧。

太没谱了。

陈志云向来是有谱的人。

村主任、村电工，都是多少吃过公家饭的人。

自己跟这些人没可比性，但跟陈铜富，可比性就太多了，完全不在一个重量级。陈志云喜欢看体育节目，知道重量级这个说法，很多时候，他在村里为人处世，都会考量一下对方的重量级。

赶人情时考量，干农活时考量，吃请时考量，跟人吵嘴打架时更要考量。

知己知彼才能百战不殆。

写到这里，聪明的读者一定看出点眉目来，陈志云这是去寻陈铜富晦气的，驿阁桥居委会新建的居民区，就在城乡接合部那地方。

见到陈铜富之前，吴县长也是存心要找陈铜富晦气的。

有陈友贵先入为主的描述，吴县长心里对陈铜富的印象就定格在"难缠"这两个字眼上。

陈铜富的笑，在吴县长看来，就有了笑里藏刀的味道。

翻身？陈铜富对陈友贵的话有点捉摸不透。

不是翻身是啥？马上就是城里人了！吴县长冷笑。

陈铜富明明是打算坐下说话的，他不习惯居高临下看人，一般都是别人居高临下看他。

吴县长这一番夹枪带棒的揶揄，陈铜富还是听得出来的。

听得出来就不能装傻子，陈铜富把往下沉的屁股又提了起来。

哪里敢呢？哪里敢呢？

真不敢？吴县长油光可鉴的一张脸突地一黑，很有点不怒自威了。

陈铜富腰杆子竟没来由地一虚。

偷眼看陈友贵,陈友贵眼角有火苗子直往外飘,陈铜富以为自己冒犯县长了。

陈友贵不吭气,肯定是自己惹恼领导了。

真不敢!陈铜富急赤白脸表白说,您这不是促狭我小老百姓一个吗?

吴县长酒意还没完全消,误以为陈铜富正话反说。拆迁工作搞久了,吴县长不怕耍横动粗的,吴县长最担心遇见癞皮膏药那样的钉子户,看着像团面,压根不是那么回事,一贴到你身上,跟你屁股上的硬头疖子样,一天不出头,那个硬疙瘩就时不时在肉里钻心地疼一下,让你坐立不安。

陈铜富来软的,吴县长就不能来硬的。

人家摆明要以柔克刚,自己再刚下去就是着了道。

得有着力点不是?

陈友贵千算万算,就没算计到陈铜富会一下子着了吴县长的道。

这里面,有渊源的。

追根溯源,陈铜富着的是他死去多年的老爹的道。

他爹陈二狗,一辈子夹着尾巴过日子,数得着的几次跟城里人打交道,是生产队安排他到城里拉大粪。

早些年,穷,买不起化肥,进城掏大粪就成了很多村子农闲时挣工分的一种手段。

一般人是不愿挣这个工分的,一身屎尿臭也就罢了,还得看城里人脸色。

陈铜富的爹陈二狗就被推到了台前。驿阁桥评价陈二狗有句骂人不吐骨头的话,说陈二狗是老实人堆里挑出来的老实人,挑大粪不偷嘴。

单一听这话,你就知道陈二狗口碑不咋的。

确实不咋的,陈二狗好干点偷鸡摸狗的事,无非是顺一棵人家园子里的白菜啊,匀一捧人家稻场晒的花生啊,最出格的也顶多是捡走人家鸡窝里个把鸡蛋,事不大,但惹人骂,讨人嫌,招人恨。

陈二狗就这么被逼上梁山,去拉大粪。就这,陈二狗还不忘算计占村里便宜,带着儿子陈铜富进了一次城,拉大粪得驾牛车不是,平白无故的,村里是不会安排牛车带哪家孩子进城的。

牛,是庄稼人的命根子呢。

陈铜富自然也是陈二狗的命根子,这从陈二狗特意花钱请人给儿子起名字可以看出,铜富铜富,名字跟金银沾点边,跟富贵搭点帮,还不是希望儿子他日不再跟自己一样夹着尾巴讨生活?

一个人叫什么名字与他以后的生活轨迹并没有多大联系,或者说一点瓜葛也没有。

比如在征地前,陈铜富穷得既不见身上挂片铜,也不见牙齿缝里富余出一颗米。

不用说,日子过得了无生气的。

因为了无生气,征地补偿钱这天大的馅饼掉下来砸到自己头上时,陈铜富就蒙了,巨大的幸福感,如同电流一样在全身蹿。

陈铜富眼前,电光石火般再现出当年跟他爹陈二狗进城的场景,这个场景,差不多成了父子两人心里的一个暗伤,永远不会愈合结痂的那种,逢上阴雨天,都会隐隐发作。

严格说，那天是个好天，太阳明晃晃地照着，陈二狗父子出门早，早得陈铜富都还饿着肚子。进城路不是特别远，关键是他们的代步工具太差，牛是老牛，车是破车，应了那句古话，老牛拉破车，慢慢来。

陈二狗存了心思的，慢慢来怎么行？他儿子陈铜富第一次进城，得快点来，驿阁桥的话，一早三光，一迟三慌。

快点来，掏了大粪，陈二狗可以带陈铜富在城里逛一圈。

别小看这一圈，城里的一圈跟乡下的一圈，是天差地别的，没准就顺着点什么值钱的东西了。据说城里的猫狗都是不用喂的，随便在垃圾桶里划拉两下，就饱了肚子，而且都沾点荤腥，驿阁桥人家的厨房里，有多少能随时划拉出荤腥来？

陈二狗家里餐桌上最大的荤腥是鸡蛋。

用陈友贵在陈铜富签完字后在吴县长面前不好下台，事后挤对他的话说，陈铜富小时候吃过的荤腥，都是一些没睁眼睛的菜，陡然间见了龙肉，还不直接下筷子啊？

直接下筷子，这话还真的形象。

陈铜富看了一眼赔偿协议上的数字。协议是吴县长念的，他认不全那么些文字，数字他数得清，个、十、百、千、万、十万。

天哪，十万，陈铜富真的就像饿牢里放出来的犯人看见山珍海味样，哈喇子直往嘴巴下面漫，抓起笔，二话不说就签了自己的名字，生怕自己迟一脚签字，那数字就变短了。

写"铜富"这两个字时，陈铜富恨不得把他土里埋着的爹扒出来重新风风光光下一遍葬。为取名，据说他爹整整两个月没沾荤腥，陈铜富清楚地记得，他爹陈二狗每天必须有一个鸡蛋下肚的。

太有远见了，这名字真就让陈铜富的生活跟金银沾点边，跟富贵搭点帮了。

房子钥匙金晃晃的，银行卡亮闪闪的。搁过去，这种颜色，都是富贵人家才有资格享用的，陈铜富算什么？平头百姓，布衣人家，看一眼都有"犯上"的嫌疑。

陈铜富"犯"过最大的"上"，是跟陈友贵之间的口舌之争，为族谱的份子钱。

可那是家事。

公私不能混为一谈不是，家事，就算是弟弟打了哥哥，也算不上是严格意义上的"犯上"。

吴县长在陈铜富眼里，肯定是相当级别的"上"了。

一开口，那言语就山高水长的，让陈铜富服气得不行。

陈铜富没念多少书，吴县长那严肃中夹杂的平和、亲切中展现的威严，简直是巍巍乎高山，汤汤乎流水。既诱之以利，又晓之以理，还动之以情。吴县长说，县上致村民的公开信可是早早发给你了，看了吗？

陈铜富点头完了又摇头：点头是公开信他看了，摇头是他对公开信里表达的意思一知半解。

吴县长就好为人师耐着性子解释，城镇建设的重要性我就不多说了，说了你也不懂。

陈铜富确实不懂，陈铜富只想知道，土地被征用后是给现金还是打白条。

老百姓跟政府打交道这么多年，最怕的就是政府打白条。

陈二狗死时，手里还紧紧攒着政府给他打的一个白条，还是县政府打出来的，纸是县政府的公文纸。

说起来是个笑话。

陈二狗带着陈铜富去掏的是县政府大院的公厕,那时的县政府大院,真的不愧大院之称。院子里有3大家24小家,也就是政府、人大、政协3大家和政府所管的24个局级单位,共1500多人在里面办公住宿,想一想,多大的排泄量。

掏完大粪,陈二狗觉得应该带儿子长长见识,怎么说也是县政府大院,闲杂人等是进不来的。

见识在哪呢?当然是在公厕旁边居民楼下的垃圾池里。

陈二狗没胆子带儿子去各单位办公室长见识,那是公家人待的地方,没公事能进去吗?肯定不能。陈二狗知道自己这辈子都没跟公事沾边的机会。

别小看居民楼下的垃圾池,多少乡下人没见过的物件在里面呢。

比如烂了半边的梨子、长了霉斑的苹果,还有带过滤嘴的香烟,那会整个驿阁桥的人,还没有谁抽过这种带过滤嘴的香烟。

苹果、梨子陈二狗不稀罕,当了爹的男人,稀罕的不是吃食,是派,叼上一根带过滤嘴的香烟在驿阁桥上晃悠一圈下来,什么概念?

那是城里人才有的做派啊。

陈二狗就在垃圾池里很认真地翻拣起来,没准就有哪个粗心大意的人,忘了香烟盒里还有一根没抽的烟,就手一捏丢进垃圾池了。

这种事不鲜见。

陈二狗只管自己的做派,就忘了儿子陈铜富的做派。五岁的陈铜富对苹果、梨子还没很深的认识,他只对香的东西感兴趣，霉烂的水果肯定不如鸡鸭骨头香，那天的垃圾池里还真的有鸡鸭骨头，陈铜富闻着香就扒拉过去，他不是要抓起来吃，他就是闻见香了。

父子两人都只顾自己长见识，没顾及一条长期盘踞在垃圾池边的狗不满他们父子的入侵了。陈二狗翻寻带过滤嘴的香烟，狗可以忽略不计，但陈铜富去扒拉鸡鸭骨头，这不是跟狗抢吗？

那条毛背呈黑色的狗呜咽一声，就蹿了上去，在陈铜富屁股上毫不客气地咬了一口。

会咬的狗不叫，这条狗显然不是会咬人的。

县政府大院怎么可以养咬人的狗呢。

那条狗只是象征性地震慑了一下陈铜富，陈铜富那会才五岁，加上瘦，根本没屁股一说，小孩无腰，蛤蟆无颈，陈铜富那时的腰和屁股之间连个转折点都没有。

说白了，那条狗只是用嘴巴把陈铜富给掀翻在地上。

别忘了，陈二狗是会叫唤的人。

抱着儿子，陈二狗就呼天抢地起来。

狗的主人闻声出门，一个劲赔礼道歉，把父子两个请进家里，又是红糖水又是香烟地安抚。

陈二狗抽着带过滤嘴的香烟，陈铜富喝着红糖水，看着那条狗被主人狠狠踢了几脚。

临走时，陈二狗不依不饶地要了人家一包烟，说是狗下嘴咬过的地方，烟丝止血最好，这是当地流传的小偏方，属实。不属实的是，陈铜富屁股上哪有血呢？就上下两个狗牙印子，压根没破皮。

陈二狗说这会没破皮不出血，不等于回去坐牛车上磨一路不出血。

狗主人气坏了，说要不要我打个条子给你，孩子一天不止血，你一天来领一包烟？

陈二狗听不出人家是在讥讽他，还欢天喜地地说，要得，打一个条子最保险了。

狗主人还真的打了条子给陈二狗。

可是，没了可是……以后驿阁桥再联系到县政府大院掏大粪，人家一口回绝，别的村子买下来了。

吴县长很响亮地喝了口茶，正要把开发新城区是本县有史以来最大的一个举措这种很冠冕堂皇的话搬上台面，陈铜富突然"阿嚏"了一声。

吴县长被这突如其来的一响吓得一激灵。据往常拆迁的经验，陈铜富要么拍案而起，要么拂袖而去，跟老百姓讲大道理和对牛弹琴没区别的，这是陈友贵的原话，自己咋就忘了？

书上说生活是经验最大的敌人，这话还真的不假。

吴县长脸色顿时讪讪了，满脸紧张地看着陈铜富。

殊不知，陈铜富一开口，真正脸色讪讪的人变成了陈友贵。陈铜富阿嚏后面喷出来的是这么一句令吴县长和陈友贵都云里雾里的话，我就问两点，协议签了是给现金还是打白条？房子是修好了等我们住，还是要我自己去修了住？

吴县长没反应过来。

陈友贵也没反应过来。

陈铜富这一问完全不切题啊，解题还讲究个步骤吧，都还没到给出答案的时候。

吴县长身边的财管所长李大喜跟钱打交道不是一天两天，

跟村民打交道也不是一年两年，立马明白过来，陈铜富是怕政府跟他玩空手套白狼呢。

驿阁桥村民在涉及金钱的事上，有句老话，叫从黄陂到孝感，要现（县）过现（县）的。

县里让李大喜当拆迁办副主任，不就是让他管钱发钱吗？

李大喜唰地一下拉开身边的黑色公文包，掏出一张银行卡，看见没？钱都在卡上，按户头打在账上，当然，你要现金也不是不行，我马上安排人到银行提给你。

李大喜这边话音刚落，对面城管所长丁武金把一串金晃晃的钥匙往桌面一丢，说房子都是新修的，钥匙按户头编了号，你的我看看。丁武金翻开驿阁桥村民的花名册，手指头顺着名字一个一个往下滑，滑到陈铜富名字那停下来，喏，这儿，你的钥匙是28号。

只要签上名字，这钱这房子都归我？陈铜富还是不敢相信。

归你，都归你！吴县长、李大喜、丁武金三人异口同声地回答。

拆迁办成立以来，陈友贵第一次干了没能跟上领导节拍的傻事。

签拆迁协议前，陈铜富也干了件傻事，当然，这是吴县长的看法，陈铜富不这么以为，他让李大喜亲自带着自己去银行，看看那张卡里到底有没有十万元现金。

果然提出来十万元现金。

把十万现金带身上？李大喜问陈铜富。

带身上等你来抢啊？陈铜富没好气地顶了李大喜一句。

搁平时，李大喜能受陈铜富这个气？可今时不同往日，陈铜富没签字之前，他的话就是金科玉律，吴县长等着从陈铜富身上打开突破口呢。

忍着气,吞了声,李大喜按陈铜富的吩咐把十万现金再次存进银行卡里。

千万别以为就完事了,出了银行门,陈铜富说你等等。

屁事还真多!李大喜在心里狠狠骂了一句,以画外音的方式。

还真是屁事,陈铜富玩了一把脱裤子放屁,他在银行门外面的自动取款机上亲自操作了一遍,确信卡里面账户余款是1后面五个0了,才满意地出来,冲李大喜点头,说总算没见政府跟我空手了。

李大喜有点哭笑不得,政府几时占过你一个光棍儿汉的便宜啊?每年的低保、粮食直补可没少陈铜富一分钱,尽管大家都知道,陈铜富那几亩地都被他种成了抛荒地、不毛之地。

可谁狠得下心跟一个寡汉条子较真?

倒是陈铜富这个寡汉条子,狗皮帽子无翻正,隔三岔五跟政府较真。

哭穷,哭自己没媳妇。

穷,政府可以接济一下;没媳妇,难不成指望政府给你发一个女人?就算有女人发给你陈铜富,还得有女人同意不是?

陈志云没等陈铜富同意,就大大咧咧进了陈铜富的门。

在驿阁桥,陈铜富家是陈志云唯一可以大大咧咧踏脚进去而不受拘束的地方,两人的关系,类同于《阿Q正传》里阿Q和王胡。

很微妙。

多数时间是陈志云占着上风。

怎么着,他都是有家室的人。在驿阁桥,没媳妇跟没家是一个概念。

现在，问题来了，没家室的陈铜富成了驿阁桥第一个城里人，在陈志云的记忆里，这大约要算是生平第一件屈辱，因为陈铜富没有媳妇的缺点，向来被驿阁桥人奚落，被他陈志云奚落。

陈铜富现在让所有驿阁桥人艳羡了，很意外，难道真如祖宗所说，人情似纸张张薄，世事如棋局局新？

还真的人情似纸薄。

这点陈志云从一踏进陈铜富的家门就发现了。

正确说法是，他不认识眼前这个叫陈铜富的老熟人的做派了。

陈志云大大咧咧进去，响动自然闹得很大，他是故意引起陈铜富注意呢，陈志云作为城里人的第一个客人，能不注意？

地主之谊肯定是要尽的。

而且是尽城里人的地主之谊。

陈铜富递过来一双拖鞋。

陈志云有点不解了。

陈铜富言简意赅，换鞋！

陈志云一忸，乂不上床睡觉，好端端的，换什么鞋？

什么叫好端端的，陈铜富拿眼光扫一眼陈志云的脚，那么脏，你好意思在我屋里下脚？

陈志云这才发现，陈铜富家里的水泥地上一尘不染。

相比之下，自己脚下那双鞋，确实有碍观瞻。

我这是还没来得及铺地砖装防盗门，不然你能一脚就冒冒失失跨进门？你当是驿阁桥乡下啊，猪啊狗啊都能一掀帘子就进屋？

　　陈志云刚要发作，陈铜富已经把一个亮晶晶的玻璃缸递到他面前，跟着递过来一根香烟，说这是烟灰缸，记得把烟灰和烟屁股丢这里面，不要丢地上拿脚踩。驿阁桥乡下那些毛病，不要带进城里，叫人笑话的。

　　那个亮晶晶的玻璃缸，是来装烟灰烟屁股的？用来吃饭都是要遭雷打的啊，太败家了！

　　陈志云在陈铜富城里人的做派中，一下子没了气势，喉咙里咕隆几声，一口痰到底憋不住，弹出来，落在地面上。陈志云心里总算舒畅了，伸出脚，在那口痰上踩住，使劲旋了几旋。

　　陈铜富摇头，说幸好你是吐我家里了，不然你这口痰可是有价的。

　　痰还有价，在城里？

　　是啊，最低值五块钱。

　　一口痰值五块钱？陈志云大为吃惊，哪里有这发财门路？我去挣！

　　还发财门路，还你去挣，真是乡下人，痴人说梦吧你！陈铜富恨不能学戏台上阿Q样摇摇头，将唾沫飞在正对面的陈志云脸上。

　　然而陈志云毕竟不是《阿Q正传》里的人物，陈铜富只好举起右手，照着伸长脖子听得出神的陈志云的后项窝上直劈下去，是罚你五块钱，听清楚，城里是不许随地吐痰的，在武汉，吐一口可是五十块钱，把你媳妇搭进去，你都吐不起。

　　就算媳妇丁西早愿意搭进去，陈志云也不舍得吐了。面对陈铜富伸出的五根指头，他惊得一跳，同《阿Q正传》里的王胡一样电光石火似的赶快缩了舌头。

陈友贵在吴县长面前，舌头缩得也电光石火般快。

村主任当了这么多年，见风使舵的本领陈友贵还是有的。

陈铜富前脚醉汉一般摇摇晃晃下楼，陈友贵后手把吴县长捧上了天。

县长就是县长，我们做一个月工作，不如县长一句话，啥叫一句顶一万句？这就是。

吴县长的耳朵很受用，为了更受用，吴县长情不自禁伸出小拇指在耳朵里掏啊掏。

那不是吹的，自打县里有了拆迁工作，你们说，那个钉子户不是我拔下来的？

李大喜不失时机地恭维，谁不知道吴县长是全县做思想工作的头号人物啊。

丁武金也不甘人后，区区一个驿阁桥，别说只是跟皇帝沾点边，就是皇亲国戚住这儿，吴县长照样能把堡垒给攻破。

皇亲国戚算啥？就是玉皇老儿的凌霄宝殿，只要老子愿意，照样把它给拆迁掉！吴县长被捧得飘飘然，冲陈友贵使劲一挥手，你回去告诉村民，从乡下到城里，那是一步登天的美事，八百年不遇见一次。在过去，转城镇户口得上万元一个名额，单凭这一项，就捡老鼻子便宜了。没地种怎么了？可以做生意，可以打工，市场经济了，田沟里的钱，早就不能万万年了。

可不是，种田不种田，最多混个肚儿圆。三个人异口同声地附和。

三个人跟着异口同声请示，吴县长，做了半天思想工作，咱们的肚儿是不是也应该圆一下？

嗯，拆迁工作做得这么圆满，不肚儿圆一下对不起党和人民！吴县长一锤定音，走，中午整两个半睁眼睛的菜。

半睁眼睛的菜,在驿阁桥是有说法的,驿阁桥下窑河的石头缝里,生长着一种石蛤蟆,白肚子,青背极为难得。

还有一宗是驿阁桥洞中有种叫屎光皮的鱼,最大能长小孩子巴掌大,大肚子,红尾巴,红眼睛,脐带在屁眼后面飘着,这种鱼,挤光肠子里的屎后,就剩一点皮,故得名屎光皮,味道特好,用面拌了,油锅里一酥,得,入口即化,不担心鱼刺卡喉咙,又好吃又补钙。

眼下不是流行食补吗?怎么着都比药补不担风险,是药三分毒,这道理吴县长懂。

传出去也跟大吃大喝挂不上钩,半睁眼睛的菜,算不上硬菜。

丁西早是驿阁桥第二个走进拆迁办的村民。

吴县长首战告捷之后,对任何一个进拆迁办的村民都格外热情,热情得都没了半点县长架子,比村主任陈友贵都平易近人。

吴县长一边站起来迎着丁西早,一边示意自己面前的椅子要丁西早坐,来签字领房子领钱的是吧?

丁西早嘴巴嚅动一下,讪讪着坐下来,望着陈友贵,意思让陈友贵发句话。

陈友贵吃了陈铜富的闷亏,有点拿不准村里人了,天知道这个丁西早又会给自己玩什么稀奇板眼出来。

陈友贵不担心丁西早耍心眼,有心眼的女人不会任由自家男人游手好闲,但凡游手好闲的人心思都跑在半天云里,处处以为自己比人家高一头,没准丁西早就是陈志云派来打前站的。

这个念头一起,陈友贵就不耐烦了,冲丁西早吼道,吴县长问你话呢，哑巴了？还是怕张开嘴谁把你舌头割了？

丁西早一听问自家话的是县长，屁股一颠，站起来扯一下衣裳，还用手比画成梳子，在头上划拉两下，才半弓着腰回话说，我就是来问问，领了房子领了钱，没田地了，县里安排我做点啥。

这话也就她能问得出口，丁西早除了在地里憨做，什么都不会。

县里安排我做点啥，吴县长突然来了兴致，这个看着长相很精明的女人，说出的话咋这么不着调呢，他以为丁西早故意装傻。

吴县长拍一下李大喜和丁武金面前的包包，说有了房子有了票子，就关起门来数钱撒。

丁西早的憨劲上来了，数完钱呢？

数完钱吗，吴县长哈哈笑，数完钱天不就黑了。

天黑了还能数啥？丁西早木瓜脑袋一个，很自然顺着话头往下问。

这个，吴县长卡住了。

陈友贵是冷不丁发的怒，天黑了数啥，数你男人身上几根毛呗。

吼完冲被自己话吓得打了一个愣怔的丁西早·跺脚，还不滚，在家一不当家二不做主，跑来丢什么人现什么眼。

陈友贵这个火憋了好久，从陈铜富签完字被吴县长他们奚落开始，他就憋得七窍冒烟，难得找地方出气，这会丁西早正好把炮捻子点燃，丁西早好歹是陈家屋里的媳妇，一笔能写两个"陈"字吗，不能！

一直以来，丁西早在驿阁桥只怕两个人，一个是陈志云，一个就是陈友贵。

见陈友贵发怒，丁西早连忙侧着身子，好像陈友贵的唾沫星子会砸疼她似的，双手护着脑袋，她是怕陈友贵骂完后动手打她，陈志云暴躁起来动不动就扇她耳刮子，丁西早形成了条件反射。

吴县长伸手拦着丁西早，对陈友贵说，什么态度嘛，你这是？就算人家一不当家二不做主，可人家好歹有知情权啊。

丁西早就瞪大眼睛，看吴县长给她什么知情权。

吴县长就循循善诱说，天黑了在城里也有很多事可以做的，跳跳广场舞，散散步，遛遛狗。想了想，似乎不大现实，这些人种地半辈子，陡然改变生活方式只怕不是一朝一夕的事，当然，你要是闲不住的话，可以摆个小摊子，做点小生意，卖馄饨，烤红薯，怎么都比土里捡钱要见钱得活一些。

这话说到丁西早心坎上了，驿阁桥一年到头，见钱的机会就两次，夏天收了麦子，秋天卖了稻子，其余时间，手里没活钱。

吴县长这个安排，让丁西早脸色活泛起来，丁西早别的本事没有，包馄饨那是没话说，驿阁桥这地方不兴吃馄饨，丁西早娘家是从北方迁到四川的，包馄饨她是打小就会了。

说起馄饨，还有个故事，相传汉朝时，北方匈奴经常骚扰边疆，百姓不得安宁。当时匈奴部落中有浑氏和屯氏两个首领，十分凶残。百姓对其恨之入骨，于是用肉馅包成角儿，取浑与屯之音，呼作馄饨。恨而食之，以求平息战乱，能过上太平日子。

不凑巧的是，和平年代的丁西早跑出四川，千挑万选，找个漏眼，嫁了个浑屯男人，丁西早每回四川娘家一次，娘就要跟她包上馄饨海吃一顿，以求陈志云能改邪归正。

吴县长这是一语惊醒梦中人啊。

拆迁赔偿的钱，过不了丁西早的手，可房子，丁西早天天得过一遍不是？最最主要的，是丁西早可以每天包馄饨，见不见活钱倒在其次，丁西早可以每天恨而食之，没准借此就过上太平日子了。

看着陈志云面如死灰缩回舌头，陈铜富心里美滋滋的。

陈志云是何许人，村主任陈友贵面前都面不改色的一个泼皮啊。

陈铜富就凭城里人简简单单一点做派，就立竿见影了。推而广之，以后整个驿阁桥的村民搬进小区住下，他也不需要对着任何人说恭维话，更不需要看人脸色行事了，夹着尾巴做人的陈铜富一去不复返了。

就连陈友贵那个位置，也不是不能取而代之的，陈家那个老祖宗陈胜在大泽乡起义时说过，王侯将相宁有种乎？

有种的陈铜富第一次破了驿阁桥村民饭点上留客的习俗，说自己得出去跟物业对接一下了。

对接？陈志云不大明白这话的意思。

陈铜富也懒得解释，高昂着头，一副不屑的表情。

真要他解释他也说不出个所以然来，这话他现学现卖的，昨天物业找到他了，作为第一个住进小区的人家，物业有必要跟陈铜富作一个对接。

说白了，物业要借陈铜富的嘴巴帮忙宣传政策。

从一帮农民，陡然变成小区居民，肯定有很多不适，很多问题需要解决。

这中间，需要这么一个传话人。

陈铜富无疑是最好的人选。

物业经理张大粗人如其名，身板粗，嗓门粗，两人昨天是不打不相识。

陈铜富搬家，相比一般人简单，再简单，也有破家值万贯一说。

锅碗瓢盆之类的这么一倒腾，陈铜富就累出了一身汗，来不及买床，陈铜富在水泥地面打了铺盖睡的，居然，感冒了。

说居然，是因为陈铜富的身体一向抗病，十冬腊月他那漏风的破屋都没让他睡感冒，连喷嚏都听不见响，这倒好，刚变成城里人，身体就变得娇嫩起来。

早上起来，陈铜富习惯性打算去张三姑那去要点圣水喝，这个念头刚冒出来就被另一个念头压下去了，他都是城里人了，再去张三姑那喝圣水，跟身份不相符呢。

城里人只信医生，不迷信鬼神。

就去了最近一家社区诊所，医生问完病情，犯不着打针，开了药，让他自己去药店买。

陈铜富出门，举着药单寻到一家药店，一看上面的价格，乖乖，好几十呢。

用药讨好自己的身体，陈铜富不习惯，陈铜富内心真正的念头是不习惯用钱去讨好药店的人，那么好的钱塞进别人手里，那么苦的东西喂进自己嘴里，天上说到地下，都说不过去的理由，在城里竟然不给你任何说法，城里人，原来是这么霸道的。

陈铜富有了说不出口的委屈。

很多期待已久的渴盼，必须要用太多的不适做代价，这是超出陈铜富对作为一个城里人的预期的。

超出了预期的代价,陈铜富这里肯定行不通。

慢着,驿阁桥治感冒不是有一些偏方吗,偏方是可以治大病的,轻微感冒喝点姜汤就行,要是还有点伤风,枇杷叶子煎水喝也很奏效,若是咳嗽得厉害,就必须用蜂蜜熬猪油喝了。

陈铜富尝试着咳嗽两声,还好,没扯心扯肺的感觉,应该就是伤风,枇杷叶就能对付了。

陈铜富对付着回家,在小区里面晃悠,虽说小区初建,绿化搞得还是不错的,樟树、广玉兰、桂花随处可见,咋就没枇杷树呢?

转悠来转悠去,倒是有那么一株枇杷树,在小区围墙边角处,树不大,叶片还没伸展开的样子,管他呢,叶片不大不要紧,不就是起个药引子的作用。

高速公路的引桥谁规定一定要大,能把车辆引下高速就行,因地制宜嘛,陈铜富这会很有点换位思考的境界。围墙角落,真的栽一棵枝繁叶茂的大树,只怕会遮住很大一片光线,城里人可是讲究什么采光权的。

感谢换位思考,让陈铜富手下留情,没把那颗枇杷树的叶子薅光。

在驿阁桥,谁要是治病看中你家的物件做药引子,比如说白鸡公冠了上的血,主人家会把整只白鸡公送你,这可是胜造七级浮屠的事,烧香拜佛都求不来的。

小区这棵枇杷树,在陈铜富看来,就是没主的物件,挑精拣肥折了三个枝条,每个枝条上有五六片枇杷叶,陈铜富心满意足地往回走,嘴里哼着小调:

妹子的脚,香又小,上面停着一只白玉鸟……

正哼得滋润呢,一双大脚应召而来,陈铜富面前,脚上面停着的不是白玉鸟，是一只猛禽，这种品牌的运动鞋陈铜富在电视上看过，叫不上名字来，只晓得价格老贵的。

你谁？嗓门很粗，一下子把陈铜富的小调给稀释没了。

我这里住户啊！陈铜富摆出城里人架势，你谁呢，跑我家院子了。

你家院子，够大的啊！来人讥讽。

那当然，打听打听，整个驿阁桥，我是第一个城里人。

那人就笑了，声波震动得空气都直打战。

我才不管你是第一个还是最后一个，你破坏小区绿化建设，罚款！

小区绿化建设？破坏？陈铜富有点拿不准了，城里的事，他闹不明白的太多。

眼珠子一转，陈铜富想起新闻里跟小区有关的词来，你是小区物业的？

小区物业的？那人不乐意了，强调说，我是小区物业的经理。

要命不是？陈铜富脑子迅速闪出这么一组画面，物业经理一个电话，小区保安唰唰跑步前来，穿着迷彩服，戴着头盔，拎着电警棍。多少物业跟业主发生冲突的场面啊，一不小心自己成业主了，还是即将跟物业发生冲突的业主。

光棍儿不吃眼前亏。

伸手不打笑脸人。

陈铜富脸上迅速挤满笑意，哎呀，张经理，搬进来那会吴县长可是交代再三，要我跟你们物业搞好关系，说这个城乡经济开发不单是县里的重点举措，这个小区也是县里的示范工程，以后还有更多新小区要到这里取经学习的。

吴县长的名头果然很唬人，张大粗性格再粗也没县长两个字眼粗，问明白陈铜富折枇杷枝条的原因后，口气一下子变得细了，温柔了。

下不为例啊，今天这事就当我没看见，你早点回去煎水喝，明天抽时间咱们对接对接。

丁西早都走到拆迁办楼下拐角处了，吴县长的话语还转着弯追下来，记得回去跟你男人说清楚，让他跟我们早点对接早点签字早点当上城里人，你也可以早点去卖馄饨。

陈友贵脚跟脚在丁西早后面，一来显得是亲三分故，陈友贵不想因为公家的拆迁把自己跟村里人搞生分，低头不见抬头见的，让人背后戳脊梁骨，不划算。二来在吴县长面前也是一个积极表现，证明他是跟县里站一条线的。

当了城里人真的可以卖馄饨？

丁西早冲陈友贵小声问。

应该可以吧！陈友贵含含糊糊地说，城里鼓励下岗工人再就业的。

可我不是下岗工人啊！丁西早这人心眼实，丁是丁卯是卯惯了。

不是下岗工人有什么，你是失地农民！卖馄饨咋啦，只要不去卖那个！陈友贵没好气给了丁西早一句。

那个？那个是哪个？丁西早脑子不那么灵光。

陈友贵狠狠抽了一口烟，回去让你家陈志云来说事，少在领导面前丢驿阁桥村人的脸。

陈友贵把话说得恶狠狠的，他知道，只要自己口气一恶，丁西早就是有一肚子话孵成小鸡了，也是一肚子闷头鸡，没吱声的可能。

事实是，丁西早也好，陈铜富也好，都把他的脸面给丢尽了。

陈友贵原本要玩一把挟天子以令诸侯的，偏偏陈铜富这个天子是扶不起的阿斗，见不得一星半点好处，听说能变成城里人，立马就此处好不思蜀了。

城里人，城里人是那么好当的？

陈友贵才不信呢。

他只信这么一句老话，乌龟就是乌龟命，想变甲鱼万不能。

以为住进城里房子，有了城里人户口，就是城里人了？尿，痴人说梦。

陈志云在整个驿阁桥，绝对不是痴人一个，相反，他是精明得过了头的那种人。

按常理，见识了陈铜富的城里人做派，陈志云的当务之急就是迅速签下征地协议，搬进新家，揣上赔款，从游手好闲直接升级到好逸恶劳。

千万不要以为都是贬义词，就没区别了，在陈志云眼里，游手好闲跟好逸恶劳是相差了不止一个档次的。

从字眼上就能看出端倪。

好什么，恶什么，是需要有那么一点底气做支撑的。

游手好闲则相对门槛低多了，连驿阁桥的大黄狗都有资格陪同陈志云一起游手好闲的。

能够抛弃志同道合的大黄狗，为什么就不能百尺竿头更进一步，非得继续跟驿阁桥的村民为伍？

感谢陈铜富，是他人生的成功逆袭让陈志云懂得了什么叫逆向思维。

会叫的孩子有奶吃。

陈铜富不是会叫唤，陈友贵一定不会第一个把好处给他。

陈志云有点想当然了。

你陈铜富能当会叫的孩子，我陈志云就可以学那会咬的狗，会咬的狗不叫，但下嘴深，一口下去，连皮带肉能撕掉一大块。

征地拆迁这种事，陈志云听得不算少，以为最后都是钉子户成了大赢家。

尽管协议签署时双方再三保证，协议内容不外流，可谁能保证嘴上有把门的啊，得了好处的钉子户，花那么大代价赢得的胜利果实岂有不为外人道的？

人生得意须尽欢之后，就着酒劲，蚕儿吐丝一样，把自己如何英勇抵抗拆迁，最后对方如何妥协，签署协议和盘托出。

先前签署协议的，跟最后签署协议的，完全不可同日而语。

眼红去吧，后悔去吧。

陈志云站在驿阁桥小区居委会招牌下，眯着眼睛笑了，驿阁桥的第一个城里人能算真正的城里人吗？

真正的城里人……

等等，真正的城里人，什么样呢？陈志云有点吃不准了，他只在电影电视中见过城里人的样子，但那个是艺术，艺术是来源于生活又高于生活的。

吃不准不用担心，最多半年，他就会成为一个真正的城里人了。

县里的拆迁公告陈志云看过，最迟半年，这个经济开发区就要破土动工，那时候，省电视台都要来采访的，镜头中怎么可以出现没有拆除的破房子呢，只要坚持到最后，哪怕是孤军，都会有很多声音为你奋战的。

想到这儿，陈志云脸上呈现出一种大无畏的革命精神，说大无谓的革命精神是美化他了，说穿了陈志云就是那种光脚不怕穿鞋的一个无赖。

无赖到底的结果，陈志云肯定有鞋穿，而且是价值不菲的登喜路皮鞋。

陈志云原本是不知道登喜路皮鞋的，一次他游手好闲时无意中踩了别人一脚，那人把脚提到他鼻子下，嘴里嘘着气，陈志云以为那人被踩疼了，谁知道人家嘘气不是因为脚疼，而是皮鞋被他踩脏了。

那人冲陈志云大吼道，你给老子看清楚，登喜路皮鞋，你也踩得？整条街就这么一双的。

感谢这双当时令他颜面扫地的登喜路皮鞋，让陈志云有了作为一个真正城里人的标签。

张大粗作为一个真正城里人的标签不在皮鞋上。

在腔调上。

哪怕张大粗落魄到这么一个新建的、人都没有鬼毛多的小区当物业经理，说经理是美其名曰，就是个门卫，兼带水电维修，还有小区绿化。

张大粗对自封的经理身份，很满意。

他原本，对生活是不满意的。

土生土长的城里人，沦落到给人看大门的地步，换谁都不满意，可他要生活，要吃饭。

昨天跟陈铜富的一番对话，让张大粗享受到一个老牌城里人的优越。

优越在他的腔调上。

人必须活得有腔有调，如同一个孩子，有爹就得有娘一样。

驿阁桥小区的新居民有什么，不就是一点征地补偿金？

变成城里人的驿阁桥村民，就是一帮野小子，不野，怎么会折断刚栽的枇杷树枝啊。

张大粗所谓的对接，是变着法儿给陈铜富上一课。

做文明人的课。

城市是我家，文明靠大家！喊了多少年的口号了。

陈铜富是在张大粗很不文明地喝了一大口茶时进的门卫室，进门前，陈铜富东张西望了好一会，整个小区，就这个门里有点人气，电视声音闹哄哄的。之所以东张西望，是陈铜富心里起了疑惑，明明是个经理，怎么蜗居在门卫室，屈尊了不是？

就掀了门帘进去。

夏天，有花脚蚊子飞来飞去，城乡接合部，蚊子不但多，还大。

张大粗见他进门，喳喳哇哇说，就手，快点，把帘子放下，莫把蚊子放进来。

放进来能咋的？陈铜富说，一只蚊子，能喝你多少血？

张大粗眼角余光扫一下陈铜富，你以为是你们乡下的蚊子，细脚伶仃的？告诉你，这是城里的蚊子。

城里的蚊子？陈铜富不明其意，不都是蚊子吗？

三个蚊子一盘菜，你看清了没，多大的个头！张大粗这么说着，还很应景地站了起来，言下之意，城里生出的东西，个头都大过乡下。

陈铜富目光就追随着那只溜进来的花脚蚊子回旋了几圈，你别说，还真比乡下阴沟里飞出来的蚊子大。

打死它！陈铜富心里滋生出这么一个恶狠狠的念头，被张大粗借一个城里的花脚蚊子连带着贬损一通,也太没面子,欺生呢这分明是。

见陈铜富四处寻找蚊拍,张大粗嘴角浮出一丝少见多怪的笑,他指着门口的凳子,说你坐下,看我怎么收拾他。

陈铜富就坐下,聚精会神看张大粗怎么跟花脚蚊子叫阵。

张大粗依然端坐椅子上不动,不仅不动,甚至连气都不喘了。

陈铜富刚要张嘴询问,奇怪的一幕出现了,那只嗡嗡嗡盘旋着的花脚蚊子改盘旋为俯冲了,并悄悄落在张大粗的上胳膊那,伸出尖利的嘴巴,收敛起四肢,旁若无人吸起血来。

不愧是城里的蚊子,见过世面。

陈铜富有点叹为观止了,眼见那个花脚蚊子吃饱喝足,肚皮滚圆了,张大粗的手掌快速迅捷地覆盖过去,花脚蚊子还是有警觉的,但是,它的翅膀虽然张开了,可它滚圆的肚子像降落伞,虽然打开了翅膀,却负重难堪,由盘旋变成滑翔。

自然滑翔不出张大粗的手掌,啪一声,花脚蚊子血肉模糊。

张大粗很得意,冲陈铜富亮开巴掌上的血,很得意,这就是不知进退的下场。

说谁不知进退呢,花脚蚊子,还是自己?陈铜富稍微瘾症了一下,就一下,心里冷笑起来,拍死蚊子很快活是吧,可再快活,那血也是你张大粗的。

张大粗像是读出了陈铜富的内心独白,说乡下人就是乡下人,换手瘙痒都不懂。

陈铜富不解了,换手瘙痒?

张大粗说还记得我要你今天来做什么?

搞好对接啊。

对啊。

张大粗说真正的城里人，首先得有份工作。

陈铜富说我就会种地。

种草能比种地难？

你意思是……？

这个小区的草坪和树木绿化以后就交给你了，我是这儿的经理，总不能经理亲自侍弄花儿草的，你弄就名正言顺。张大粗说，不白弄，发你工资。

工资？陈铜富激动得口舌不清了，种草，养花，还还、还有钱挣？

嗯，从物业管理费中给你提出一部分来当工资。张大粗把那只花脚蚊子的尸体在手心搓啊搓，搓成小黑泥条了，才双掌一错，使劲一拍，把那黑泥条子掸到地上。

在张大粗看来，陈铜富也就是自己手里的黑泥条子，想怎么搓就怎么搓。

陈志云万万没料到，一贯任由自己在手掌心搓弄的丁西早，没来由地就不听使唤了。

再正常不过的事儿，就是一头脾气温顺的牛，鞭子落到背上，也还有扭头望一眼的举动吧。

唯其不同的是，丁西早这一眼望过了头，有了"犯上"的意思。

陈志云是饿着肚子回家的，这在丁西早印象中是绝无仅有。

饭点上啊。太不合情理了。

更不合情理的是，丁西早不年不节地一个人在家包馄饨吃。

败家的婆娘！陈志云脱口而出。

丁西早心里很委屈，我怎么败家了，县长指点的致富门路呢，我得先把手艺练到家，城里人，吃什么都讲究个色香味，当是乡下人，管饱肚子就能对付的？

有县长撑腰，丁西早第一次把委屈摆在了脸上。

还不给老子把馄饨煮上，准备饿死老子你再往前走一步啊。

往前走一步，是驿阁桥对女人再嫁的一个说法。

丁西早还真的往前走了一步，丁西早说我们把协议签了吧，有房子还有钱拿，也学城里人，洋气一回。

啧啧，人家是士别三日当刮目相看，我这才半天不见你，都晓得要学城里人洋气一回，你知道城里人怎么洋气的？陈志云拿眼睛剜着丁西早。

凭丁西早的见识，城里人的洋气不外乎就是一手拿着油条啃，一手端着豆浆喝。

这是陈志云听来的一个笑话，人家是嘲笑他作为乡下人见识短浅的，说有个一辈子没出过门的乡下人在三年困难时期感叹说，还是当皇帝好啊，左手油条，右手豆浆，面前还有一碗红薯稀饭。

陈志云这是现学现卖嘲笑起丁西早呢。

以丁西早的智商，显然听不出陈志云是嘲笑自己，她很认真地把馄饨一边往锅里烧开的水中下，一边字斟句酌地说。

说字斟句酌抬高丁西早了，她是一字不漏照搬吴县长的话，天黑了在城里也有很多事可以做的，跳跳广场舞，散散步，遛遛狗，要是闲不住的话，可以摆个小摊子，做点小生意，卖馄饨，烤红薯，怎么都比土里捡钱要见钱得活一些。

丁西早不说白天城里人怎么洋气，是吴县长没扯到这个上面，陈志云却被丁西早这一通扯，弄得下不来台。

早上出门，自己还讥笑丁西早从弱智到愚蠢，进步可不是一点点。现在看来，丁西早是连升三级，直接从若愚晋级大智了。

你意思要进城卖馄饨？

是啊，等你签了协议，我们变成城里人了，我就卖馄饨，每天能见活钱！丁西早憨厚地咧嘴一笑。

我看你他妈是见活鬼了，还见活钱！陈志云暴跳起来，我几时说签字了，我几时要当城里人了？

当城里人不好吗？丁西早吓得手一抖，馄饨下得急了些，把开水溅起来，有几滴烫在陈志云脸上，亮晶晶起了泡。

乍一看，像出了天花。

当城里人不好吗，都不种地就没人说你游手好闲啊！丁西早倒真是为陈志云着想。

我他妈活明白了，不想游手好闲了行不？陈志云话赶话冲出这一句后，犹如醍醐灌顶，对啊，不能游手好闲了。

陈志云想起他东游西逛时的所见所闻，征地拆迁时不单房子要估价赔偿，地上的附属物地里的青苗都要按价赔偿的。

附属物，新建肯定来不及，那个工程太浩大，一举一动都在陈友贵的眼皮底下。

一招鲜，终被歼！

得耍点大家都没耍过的。

对头，在这个耍字上下功夫。陈志云豁然开朗了。

驿阁桥人是不说耍字的，除了丁西早，丁西早特喜欢说那个耍字，耳闻目染久了，陈志云时不时会冒出来一句，耍一下子嘛。

那调调，特逗人乐。

但凡游手好闲的人，嘴巴上都有一套，陈志云自然概莫能外。他兴头上来了，还会学电视连续剧《哈儿师长》中哈儿的架势来一段原汁原味的川话道白，袍哥人家，不要拉稀摆带。

因为这个"耍"字的出现，陈志云心情大好，破天荒地在丁西早面前拉稀摆带了一回，说西早啊，咱们抽空去你娘家一趟吧。

换个人，肯定会觉得莫名其妙，平白无故回什么娘家，路费不要钱？回娘家空着手像话？

丁西早名下，是不能以常理来度量的，嫁得远，每次回家花费不是少数，家境又一般，还得看男人脸色行事，难得男人主动提出陪自己回娘家，不乐得跟仙人掌似的，脸上粉刺直往外冒？

丁西早已经过了长粉刺的年龄，有粉刺的是陈志云，一个经常饭点在人家桌子上转悠的人，酒断不了顿，粉刺同样断不了冒出头的倾向。

陈友贵打从征地一开始，就没指望陈志云会成为自己手里能玩的一条蛇。

打蛇顺杆上，驿阁桥的人都明白这个道理。

尤其陈志云这种懒得烧蛇肉吃的人。

陈志云不认为自己懒，他上下牙齿一碰，说得振振有词的，烧蛇肉吃，多费劲的事啊，多少勤快人都捉不到蛇的，有本事你村主任捉一条蛇烧了试试。

陈友贵不捉蛇，真去捉就是上当了，他捉陈志云的短，用夸奖的口气，谁说陈志云懒，人家长了一身懒肉不假，但人家还长了一嘴勤快牙齿。

陈志云当时没悟过来，很得意，事后一回味，才知道陈友贵转弯抹角骂他疏懒好吃。

一个疏懒好吃的人，扁担倒了都不扶起来的人，陡然有大房子住，有大把钞票花，不乐得屁颠颠地跑来签赔偿协议啊。

连吴县长都认定了，丁西早只要回去一吹枕头风，陈志云一准得上气不接下气赶来签字，这种好事，陈志云怎么会甘居人后？

他甚至很人性化地做了安排，到时请陈志云喝顿小酒。

几天的拆迁办主任当下来，吴县长已经把驿阁桥村民的底给摸透了，都是跟陈友贵闲聊时掌握的。

细节决定成败，吴县长很得意自己的事无巨细和事必躬亲。

陈志云一通酒喝到肚子里，就是拆迁办义务宣传员了。

吃人嘴软，何况吃的还是县长的烟酒和饭菜，那得多大的荣耀，陈志云不挂在嘴边吹一通牛皮是说不过去的，怎么说这都是相当具备说服力的谈资。

可以自抬身价的。

万事俱备只欠东风了，吴县长却从陈友贵嘴里得到一个让县长身价垂直下降的消息，陈志云不仅没来签字的意思，还两口子一起出门，到丁西早四川娘家去了。

爹死还是娘嫁人？这个节骨眼去四川。吴县长大惑不解，他给陈志云准备的酒都冷了，菜也凉了，最主要的，是他的心凉了。

陈友贵倒是热心起来，这当口。

丁西早的爹结实着，娘也没嫁人的打算。

那能是怎么回事？

也许丁西早姥姥不行了！陈友贵信口胡诌，丁西早是跟着姥姥长大的好像。

陈友贵不知道,他这么信口一胡诌,竟一语成谶。

一周后,丁西早和陈志云回到驿阁桥,真的就印证了陈友贵所言非虚。

看来不单是高手在民间,预言家也在民间。

让陈友贵吃惊的不是自己的预言能力,而是陈志云的铺张行为,他和丁西早是坐出租车回来的。

跨省打出租车,得有多大的家业来败。

更败家的行为还在后边,来做工作让他们去签字的陈友贵发现,陈志云两口子回到家的第一件事不是洗尘,而是拿起铁锹在屋后右边的菜地里挖起一个大坑,藏宝啊这是?

陈友贵问。

对,藏宝!陈志云抹一把头上的汗,少见的勤快。

太不符合陈志云的做人处事习惯了,哪怕是插秧割稻时节,只要有人打从地头路过,陈志云都会找借口跟人搭讪几句,抽一根烟的。

这一回,是陈友贵把烟都喂进陈志云嘴巴了,他却拔出来夹在耳朵上。

藏宝?陈友贵哈哈大笑,你这是学古人此地无银三百两啊。

陈志云还真玩的是此地无银把戏。

他看着一脸悲切的丁西早说,你弟妹的姥姥临死那会说西早一人嫁出省了不放心,死了也要跟着来照应。

弟妹姥姥真死了?陈友贵心里暗骂自己这张乌鸦嘴。

死了,化成灰了。陈友贵嘴巴一歪,指向陈友贵脚边。

陈友贵这才留意到脚边那个上了釉的坛子。

难怪你们会坐出租车回来!陈友贵明白了,陈志云和丁西早不坐长途汽车，不是他们钱多得烧心，是因为长途汽车司机不同意他们带骨灰上车。

看不出啊看不出！陈友贵感叹，你倒是给老陈家长脸了。

那是！陈志云很骄傲，别看兄弟我平时不说人话，可人事咱还得做，不能枉披了一张男人皮是不？

你打算，把弟妹姥姥埋在这儿？

不埋这埋哪儿，她不是陈家人，不能进陈家坟地的！陈志云说完看一眼丁西早，西早娘家有规矩，老了的人，都埋在屋场前后，可以照看着后人的。

听陈志云这么说，丁西早赶忙点头，是这样的，是这样的。

那就入土为安吧！陈友贵说，人死大过天，拆迁协议的事，改天再说。

什么事情一改天，就不好说了。丁西早姥姥入了土，陈友贵就没了安生日子可过。

农夫和蛇的故事上演开来。

不侍弄花草，陈铜富永远不知道城里的花草比自己还有尊严。

张大粗让他在每片草地都插了一个小木牌，木牌上写着：花草也有生命，请您足下留情。

插这个木牌时，陈铜富心里很不是滋味。

他想起第一次跟爹进城被狗咬了屁股的事了，好歹他是个人，狗都没嘴里留情，眼下好，当上城里人了，还得跟脚下的草留情，要是碰见城里的狗，那得怎么着，供着还是敬着？

真就跟供着差不多，张大粗带着陈铜富到县政府的居民小区取了一次经，人家那是真正的居民小区，草金贵得不行。陈铜富打理的那种草坪，踏一下罚款五元。

这草坪，给五元钱就想踏啊，没门，先问问你自己是谁，掂掂分量吧！这是从新加坡进口的草皮，空运过来的，相当于外宾。

陈铜富坐过飞机没？没有，进出县政府的人多吧，坐过飞机的怕也寥寥无几。

张大粗的城里人腔调就出来了，在县政府中蹬进蹬出，没一个拦着他问三问四，陈铜富上了一次厕所出来，得，跟丢了张大粗，就被保安拦住了。

做、做什、什么、么的？保安是个结巴。

取经的！陈铜富老老实实回答。

呵呵，还、还取经的、的，怎么、么不见，猴、猴哥和、和八戒啊？保安手中的警棍举起来，老实说，是不、不是上、上访的？

上、上访的？陈铜富误会了，说是、是，我就是上了茅房的。

保安脸黑了，你、你学、学我？

眼看保安变脸色，陈铜富吓得面如土色，小时屁股被咬的记忆嗖一下蹿上头，一朝被蛇咬，十年怕井绳，陈铜富哇一声号叫起来。

张大粗不知从哪里就冒了出来，说，大白天你鬼哭狼嚎啥，当这是你家后院啊。这是县政府。完了冲保安一挥手，这是我手下的员工。

保安疑惑地看一眼张大粗。

张大粗把手往腰里一叉，咋了？

心有余悸的陈铜富看一眼保安，小心翼翼地说经理你刚才去哪儿了？差点出事。

这声经理让张大粗真的就气粗了好几分，去哪儿了，老子回家查岗了不行啊。

您、您在县、县政府大、大院住？

嗯，就在那边！张大粗含糊不清把脑袋往一边歪了一下。

陈铜富望过去，那个地方，是一栋老旧的居民楼，三层，红砖都变黄了，楼道都像豁了牙的老头，张着破败的嘴巴。

楼下面有一个垃圾池，太似曾相识了。

的的确确，他们是相识的。

陈铜富人生的第一次长见识，是在那个垃圾池里。

保安嘀嘀咕咕走了，见陈铜富还望着自己脑袋指向的方向，张大粗恼了，看什么看，县政府大院也有穷人的。

这话不矫情，在县政府大院，张大粗还真是穷人一个，他的爸爸，以前在县政府当门卫，他的妈妈，在县政府残联上班，眼下，残联搬出去办公了，张大粗一家却没能力搬出去买房，住在县政府早先分的这套老式的三层楼里。

只是陈铜富有些摸不着头脑，张大粗承认自己是穷人，咋还那么气粗呢？

他不懂，这就是张大粗的底气。

打肿了脸的胖了，走出来依然是胖子。

张大粗的做派这会儿从狗身上体现出来的。

他的话音刚落，从那豁着牙的楼道里蹿出一条哈巴狗，撒着欢只往垃圾池里钻。

张大粗大叫一声，胡桂芝你死哪儿了，狗都看不住！

一个身材脸蛋都不错的女人慌慌张张从那张破败嘴巴里飘出来，弯腰去抱那只哈巴狗。

您爱人？陈铜富眼里打量了一下，冲张大粗讨欢心，很漂亮啊。

不漂亮老子会要她？张大粗趾高气扬地一仰头。

陈铜富有点不解了，张大粗要人样没人样，要家当没家当，在漂亮女人面前还这么牛哄哄的？

能嫁给我当媳妇，她这是从糠缸里跳进米缸里，懂不？张大粗看了一眼陈铜富，深表同情地说，别看你眼下是城里人了，这城里人跟城里人也有不同的。

城里人跟城里人，还有不同？

张大粗懒得解释了，时间一长你就晓得了。

没等时间过长，陈友贵就晓得陈志云唱的哪折子戏了。

依然是丁西早当先锋，这一次，是陈志云授意的，很明显，以丁西早的智商，玩不出这种高智商的花样。

对丁西早，吴县长是有好感的。

大清早见丁西早在拆迁办门口等着，那会儿陈友贵还没来呢，吴县长有点大喜过望，这充分说明自己在村民中的威望。只要再把陈志云这一户协议签订下来，驿阁桥村就等于有了风向标，最不好伺候的陈铜富已经过上城里人日子了，游手好闲的陈志云再神仙一般逍遥起来，傻瓜才会继续观望。

吴县长就笑眯眯往丁西早身后看。

丁西早被看得脸上发红，她身后没什么好看的，丁西早赶紧贴着墙笔直站那儿了。

吴县长说，你男人呢？

丁西早说没来。

吴县长学着陈友贵口气说，你一不当家二不做主，来干什么？回去，让你男人来。

丁西早不回去，贴墙壁不动步。

吴县长开玩笑，你就是把自己贴成墙画也没用。

丁西早说，我不贴墙画，我问县长一句话。

什么话，包馄饨还是烤红薯的话？

这是后话！一贯不善言辞的丁西早竟然幽默了一句。

吴县长就知道，丁西早是带着任务来的了。

那你说说什么是前话。

我男人要我问问，征地赔偿的话，迁坟应该怎么个算法。

迁坟？吴县长到底是老拆迁办主任了，没听说你家地里有坟啊。

怎么没有？丁西早说，我姥姥的，不信你问陈主任，他在场表的态，说死人要入土为安，迁地协议的事日后再说。

陈友贵就是在这当口进的办公室。

丁西早很识相，马上把自己又站成墙画。

吴县长看一眼丁西早，冲陈友贵使眼色，说出去陪我抽支烟。

陈友贵说我早上不抽烟的。

吴县长眼一瞪，你意思我早上请你喝酒才愿意出去？

陈友贵不傻，吴县长话里有话，说自己敬酒不吃吃罚酒。

果然应验了，一出门，吴县长给了陈友贵一碗冷酒，陈友贵，你很得民心啊！

陈友贵说，得个大屁，我祖宗八代被人骂个遍，只差扒出来鞭尸了。

鞭尸？吴县长眼光鞭子一样抽过来，那你倒是给我个合理的解释，这个节骨眼上给陈志云划什么坟地。

划坟地,给陈志云?陈友贵脑子一蒙,跟着醒悟过来,您说丁西早姥姥啊,他们是按四川规矩,埋自家屋后菜园了,没进陈家祖坟,也没单独划坟地。

吴县长黑着脸说,同志啊,这叫大意失荆州,你还不明白?

陈志云在自家菜地挖个坟,跟失不失荆州有什么关系?

自家菜地?吴县长鼻子不是鼻子脸不是脸地啐了陈友贵一口,你能把死人骨头当白菜一样从地里扒出来?

陈铜富眼光很艰难地从胡桂芝身上拔了出来。

确切地说是从那个垃圾池里拔了出来。

回到驿阁桥居民小区的第一件事,陈铜富给小区建了个垃圾池,张大粗说这钱老子不能白出,等人住全了,挨家挨户出份子钱。

垃圾池还出份子钱?陈铜富说,我连工钱都不要的,这砖块和水泥都是工地剩下的。张大粗出什么钱了?真要说他出了钱,不外乎是他在一边转悠掏烟抽时,随手递给陈铜富一两根。

工地剩下的怎么了,剩下的也是物业所有,国有资产不能流失你懂不?

水泥砖块成了国有资产,陈铜富冷腔冷调给了句,那以后这里面的垃圾也是国有资产了。

狗屁!张大粗嗤笑,垃圾是你私有资产,老子批给你了。

陈铜富脖子一梗,侮辱人不是,垃圾批给陈铜富当私有资产,这不是没把陈铜富当城里人吗?

张大粗一眼看出陈铜富心思,说你小子不要不知好歹,你以为阿猫阿狗都有权拥有这堆垃圾啊。

陈铜富不想拥有这堆眼下还不存在的垃圾。

张大粗摇头，说，你啊，天生挨饿受穷的命，给金筷子银碗你都扒拉不到一口饭到嘴里。走，再跟老子出去取经去。

陈铜富懒得动步，种花种草取经还说得过去，一个垃圾池，还取经，真当自己二百五啊。

没承想，就半天工夫，他承认自己是二百五了。

垃圾池建好，该收拾小区那些破烂杂物了，陈铜富人穷，但不懒。

穷的是命，冷的是风。

眼下是五月中，有点小凉快，惊蛰没动虫的缘故。

惊蛰不动虫，冷到五月中。

陈铜富收啊捡的，搬啊扛的，整出一身汗来，竟把垃圾池给装满了，还冒尖了。垃圾池里有水泥袋，有断钢筋、废铁块，还有木头、编织袋、破砖头，很沉。

一通折腾下来，小区院子看着清爽了，可这小山包一样的垃圾池碍人的眼了，怎么办？陈铜富把眼睛望向张大粗。

凉拌！张大粗不屑，能怎么办，难不成我堂堂经理亲自来拖出去？

陈铜富就急了眼，那也不能让垃圾在这里生根啊。

想不生根是吧，张大粗拔脚就往外走，那你脚下就不要生根，乖乖跟老子取经去。

别无选择了，陈铜富快快地跟在张大粗屁股后面，张大粗说，你别噘着嘴巴，等会只怕喊老子万岁都来不及。

这趟路走得有点远，陈铜富因为刚才出力猛了，肚子就有点饿。

路上，张大粗听见他肠子咕咕叫，斜眼过来说，饿了？

陈铜富点头。

饿了好！张大粗不置可否地一笑。

饿了好？你又不请我吃饭！陈铜富没好气，他在驿阁桥，不管给谁家这么下死力做半天，晚上人家都会有酒有肉招待自己一顿的。

我不请难道你请？你只管敞开肚皮吃喝就是，告诉你，这做不赢人是各人的手段，吃不赢人是各自的饭碗，今天老子就是看你饭碗有多大。

陈铜富说，我饭碗大着呢，我爹打小就说了我的，我吃一顿，够城里人吃三天的。

是吗？那老子看你能吃出个什么名堂来。

丁西早那天没在吴县长嘴里问出个什么名堂来。

吴县长直接不见她了，把丁西早丢给了陈友贵。

陈友贵回到拆迁办，不说话，只是看着丁西早，一个劲抽烟。

抽得他一整张脸都被云遮雾绕了，陈友贵才说，丁西早你们两口子行啊。

这话是陈友贵发自内心说的，带褒义性质。

丁西早则听出了贬义，陈志云耍的这一手，确实有点损。

陈友贵是老鼠钻风箱呢。

殊不知，陈友贵是巴不得有这么个风箱让自己钻在里面不出来，哪边的气他都可以受，气受得多，证明他劳苦功高。

上面体恤他在拆迁工作上任劳任怨之余，没准恻隐之心大动，直接就提携他了。

丁西早对陈友贵还是有好感的，这个大伯子每年村里有照顾时都忘不了自己一份。丁西早就使劲拿手搓衣裳,说,我巴不得早点签了协议,进城卖馄饨的。

你只晓得卖馄饨,卖馄饨,陈友贵的声音陡然砸进丁西早耳朵里,你不晓得卖祖宗更来钱啊!

完了冲丁西早一挥手,说,你回去吧,让陈志云明天来。

这就是陈友贵的高明之处了,他不跟丁西早一起掺和,免得到时吴县长说他们串通一气,玩阳奉阴违,陈铜富就是前车之鉴。

他知道吴县长肯定在楼下某个角落盯着自己,他更知道丁西早回去后,陈志云会一字不漏地把吴县长和自己的回答搁心里一遍一遍过的。话要是能吃的话,以陈志云的狡黠,他会吞进肚子里学老水牛一样,随时从胃里吐出来反刍的。

陈志云反刍的结果,在陈友贵最后那句火冒三丈的话,你只晓得卖馄饨,卖馄饨,你不晓得卖祖宗更来钱啊!

这是对陈志云间接的肯定啊,肯定之余,还有提醒。

城乡差别,不单应该在活人身上体现,死人身上也同步体现的。

陈志云眼前猛地一亮,豁然开朗了。

城里人一块墓地多少钱,自己得有本账,既然签了征地协议,丁西早姥姥的坟地就应该跟城里公墓上靠。

想到这,陈志云原本慵懒的身体突然就变得勤快起来,丁西早你还记得不,上次,我进城玩拿回的几张宣传单,花花绿绿的那种。

哪种啊?在丁西早眼里,所有的宣传单都是花花绿绿的。

每次游手好闲回来,陈志云手里总要多几样东西,有不花钱的膏药,有免费赠送的塑料盆,机会赶得巧,还有半斤洋鸡蛋什么的。商家做活动,需要凑人气,陈志云这种人,凑人气是最好人选。

丁西早对塑料盆洋鸡蛋还是喜欢的,对花花绿绿的宣传单就带着仇恨了。

那些宣传单除了楼盘开业,就是健身中心开张,要么酒店大回馈,跟丁西早有什么关系呢,这些宣传单的最后去处,都在灶膛,当引火纸还是可以的。

就是那种,你说用它引火都嫌晦气的!陈志云一激动,就忘了当初带着宣传单回家时的神情了,人家说得可一点都不晦气,皇山陵园致力于成为全国一流的名园,不但具有出色的陵园环境,还可以提供温馨的人文关怀,让古人安息,让世人安心。

你别说,没这张宣传单,陈志云还真安不下心。

丁西早就抓挠着脑袋使劲回想,到底让她想起来,我给垫在鸡窝里了。

快点寻回来给我!陈志云家里的鸡,随陈志云性子,都是吃家饭、生野蛋的种,鸡窝不在屋里,在屋外柴堆或者草垛上。除了丁西早,没人找得到地方的。

丁西早就出去,一会工夫回来,递给陈志云一张上面还有黑白斑点的宣传单,黑白斑点是干了的鸡屎。

陈志云这会也不嫌臭,眼睛鼻子嘴巴迅速瞅上去,找着了,找着了,明码标价着,最低一万,最高八万,你姥姥,就取中间值,四万吧。

一个墓地,四万?丁西早赶紧抢过那张宣传单,紧紧抱在怀里,一点也不觉得晦气了。

肯定值四万，皇山陵园，你以为是个人都有资格跟皇帝葬一起啊。

丁西早这才想起来，那个传说中当了皇帝的王子的爹的封地就在这里，死后被儿子追认为太上皇了，皇山陵园就在太上皇的陵园附近。

丁西早眼里全是光芒了，她这辈子还没看见过四千块钱呢。

每年的稻谷一起坡，都被陈志云攥手里了。

用陈友贵骂陈志云的话，他能攒钱？他是刘备过江东，左手抓金子，右手撒铜。

丁西早这次放精明了，说，姥姥的墓钱得归我！

陈志云说凭什么归你。

就凭姥姥骨灰是我抱回来的。

陈志云没了话，确实，这个事上丁西早是有功之臣。

歌中都唱了的，军功章啊有你的一半也有我的一半，没陈志云的主意，丁西早会想到把姥姥骨灰从四川带回来这一鬼神都莫测的妙计？

陈志云这么一说，丁西早就让了步，要不，一人管一半？丁西早原本就没指望陈志云能松口的。

陈志云之所以松口，是怕丁西早把他打死人主意的事给捅了出去。丁西早这种女人，憨劲上来，什么事什么话都做得出来。她要不憨，也不会被陈志云当枪杆子使在前头冲锋陷阵了。

行，你姥姥的墓钱一人一半！陈志云很大度地一挥手，他心里有个小九九，丁西早不是乱花钱的女人，这一半相当于让她保管，过过手，最后怎么花，还不是自己一句话？家有千口，主事一人。

至于丁西早的姥姥这个有功之臣，他们一字没提，都化成灰了，也不可能从地底下爬出来邀功。

应了那句古话，兔子还在山上跑，毛都被拔了没几根。

丁西早犹豫着，说那我还卖馄饨不？

卖馄饨？卖什么馄饨？陈志云眼睛望着天上，天上有一朵云彩正朝着自己头顶飘过来。驿阁桥人说人净想美事的一句话就是，你晓得哪朵云彩下雨啊。

陈志云这会儿很自信，丁西早姥姥那朵云彩硬是会下雨，而且是下金子，四万红通通的大票子，得卖多少馄饨才赚得到。

卖，卖，你就知道卖！陈志云有点恨铁不成钢了。

我要不知道卖，你也不会把卖脸的事都推我上前啊！丁西早嘟囔着回了一句，这一句怎么听着都不憨。

长了一嘴勤快牙齿的陈志云竟然无言以答。

直到被人推推搡搡走进饭店，陈铜富还是无言以答，这期间，都是张大粗在跟人家搭话，他就像个木偶样，张大粗要他上前，他就上前，要他退后，他就退后。

饭店不大，烧腊馆，这种地方不讲做派，讲实惠。

陈铜富使劲揉一下眼皮，眼皮还在发跳，狗日的，左眼跳，右眼张，不吃肉就喝汤，硬是说死了呢。

跟着张大粗走那会儿，陈铜富的左眼就开始跳。

他用唾沫往上抹，不见效，用手掌使劲搓眉毛，也不见效。陈铜富就说，经理我眼皮跳得厉害呢。

张大粗说跳得厉害就对了。

怎么叫就对了？

那是老天爷要检验你的饭碗了。

说着走着，张大粗带陈铜富走到一个散发着刺鼻味道的地方。这个地方偏,附近也没像样的人家,跟电视上的棚户区一个模子倒出来的。

再近一点,陈铜富看见一个铁牌子立在路边,上面写着:垃圾中转站。

刺鼻的味道更浓烈起来,能不刺鼻吗,有十多个人正拿着钩子在垃圾堆上翻拣着,间或有绿头苍蝇嗡嗡飞起来,盘旋一阵,再落到另一处垃圾上面。

陈铜富很好奇,干什么呢?

张大粗拿脚往前面空地上虚空踢了一下,陈铜富这才发现,地上分门别类摆着空酒瓶、废纸袋、塑料布、破铜烂铁。

原来要我把垃圾拖到这儿处理啊。

陈铜富算计了一下路程,用手推车得跑多少遍啊,难怪说要看自己多大的饭碗,能吃才能干。

正在心里嘀咕着,张大粗双脚把一堆酒瓶子踢得哐当作响。

经理,你们经理呢?一个脸上蒙着块布的女人回过身子看一眼张大粗,手中的铁钩子往张大粗背后指了指,陈铜富这才发现,张大粗背后不知何时站了一个秃头。

秃头谄媚地撕开一包烟,弹出两根,并排站着,恭恭敬敬递过来,张大粗打量了一下烟的牌子,才漫不经心拈出一根,衔在嘴上等秃子上火。

秃子很懂事,帮张大粗点燃,张大粗抽一口,才懒洋洋一歪头,说这是我们小区保卫科的陈科。

陈科好!秃子赶忙屁颠颠又给陈铜富点上。

陈铜富那会儿已经依样画葫芦把烟捻出来叼嘴上了。

我们小区,新建的,驿阁桥小区,听说过没,县里的重大举措。张大粗弹一下烟灰,冲秃子说。

秃子连忙点头,看电视了,建在城乡接合部那里,整个村子搬迁进来。

张大粗点头,说,搬一次家穷三年,你是知道的,得多少破烂要丢掉。

嗯,旧的不去新的不来!秃子果然心领神会。

小区那儿,你以后去只需要跟陈科对接好就行,别人谁也插不上手。

别人插不上手不要紧,要紧的是陈铜富这会儿插不上嘴。他很想跟秃子声明,自己不是什么陈科,自己就是一小区的勤杂工。

来不及了,秃子已经很亲热地把胳膊搭在陈铜富肩头,冲陈铜富说,对接,必须的,请神不如撞神,就今天,谁也不许拉稀摆带。

话说到这个份上,陈铜富就没理由推辞了,在吃吃喝喝的事上拉稀摆带,陈铜富的爹陈二狗会从地底下爬出来揪他耳朵扇他耳光的。有酒不喝三分罪,有肉不吃七分过,谁愿意担这样的过错啊。

上了桌子,陈铜富才知道张大粗那句吃不过人是各人的饭碗不是说说玩的。

菜都是硬菜,烧腊馆有的只管上,酒也硬,不是散白酒,是瓶装的白云边,十二年的,秃头喊了四个人作陪。

是他的四个片长。

片长这词很新鲜,陈铜富第一次听见。

张大粗就笑,说他们每人管一片的。

秃头端着一杯酒,冲陈铜富举起来,说,陈科啊,你那一片的垃圾,以后就我这个兄弟给包了。然后冲一个酒糟鼻说,吴冬冬你这样，站起来飘一个。

飘一个，是小城打麻将的专业术语，陪着下注的意思。

在酒场上飘一个，自然是陪喝一杯。

叫吴冬冬的酒糟鼻很爽快，飘了一个。

陈铜富的酒量不大，也不是不大，是没机会锻炼。

穷是一个原因，冷锅热灶也是一个原因。驿阁桥的话，一个人不喝酒，两个人不打牌，三个人不买锄头，四个人不掰火柴。

啥意思呢，一个人不喝酒是指一个人喝酒缺乏喝酒的气氛，往往是喝闷酒，对人的身体无益处。两个人不赌博，是指两个人打牌时往往出现纠纷，因为没有第三人在场，说不明白谁对谁错。三个人不买锄头，锄头是农村人锄庄稼地里草的工具，前面用铁片打成，后面用棍子锭上，就组成一个完整的工具。锄头做得好坏，决定除草的效率。因此，在集市上几个人买锄头往往对好锄头选择的观点不一，因此往往几个人买不到一块儿。四个人不掰火柴的大概意思是许多人凑在一起集体劳动，人多嘴杂，谈东论西，往往容易谈及别人的私事，容易伤和气，伤及邻里和睦。

酒酣菜热之下，气氛有了，陈铜富的身体却扛不住酒精在肚子里翻滚，说话舌头就大了，筷子也抓不稳，看东西都是双的。

吴县长看人，也是双的。

双方面的，一方面看人的表象，一方面窥探人的内心。

丁西早走后，吴县长慢吞吞地上楼，不看陈友贵，看着后来进门的李大喜和丁武金，发号施令说，这么守株待兔也不是办法,要不这样,陈志云的协议我们搁置下来,先把其他村民的协议签了,让他单了帮,不怕他不主动来找我们。

陈友贵知道吴县长在投石问路。

陈友贵就假装恍然大悟样,说,对啊,还是吴县长高明,先易后难,让他家成为孤岛,看他怎么办。

对个大屁!吴县长爆了粗口。

擒贼先擒王你不懂啊,真让他成了孤岛,反而不好解决,到那时软不好硬不得,众目睽睽不由着他漫天喊价?

陈友贵心里石头就落下来,那怎么办?

怎么办都不用你办!吴县长眼光一凛,说,我亲自会一会他。

我给您保驾!陈友贵急忙表忠心。

保驾,你当我征战沙场啊!吴县长说我最讨厌你们把事情搞得大张旗鼓的,我是去跟人家交朋友的。

浇花浇根,交友交心,得推心置腹,懂不?

陈友贵不懂。

吴县长是步行去的,驿阁桥离拆迁办不远也不近。

走几步好,一来消食,二来亲民。

丁西早那会儿已经跟陈志云汇报完了,陈志云也把陈友贵的暗示领悟透了,两口子难得同心同德一回,丁西早说,我下地去了啊。

陈志云说,你命贱啊,马上就是城里人了,还下地。

丁西早被骂得心里美滋滋的,狗尾巴花一样摆着脑袋冲陈志云说,也是的,我得保养一下自己这双手,日后卖馄饨,让人看了不翻胃对吧。

正说着,门外的大黄狗翻了胃一样汪汪一声跟着又呜呜一声叫起来。

有点莫名其妙不是?

大黄狗见了人一向就两个表情,要么汪汪大叫,要么呜呜摇尾,这汪汪又呜呜的算怎么回事?

陈志云就冲丁西早说,出门看看,啥个动静。

啥个是四川话,陈志云现在由衷喜欢上了四川话。

果然有动静,还不小,难怪大黄狗汪汪又呜呜的,丁西早门口一站,发现吴县长正背着双手优哉游哉往自家屋场走来。

显然是吴县长的气势压倒大黄狗了,搞得大黄狗找不到很准确的表达方式迎客,汪汪吧,担心咬了主人贵客;呜呜吧,又怕是来者不善。

狗是机灵的,就折中了一下,汪汪呜呜着,进可攻退可守。

陈志云一听是吴县长来了,马上起身,在门背后张望。出去欢迎吧,也许人家只是路过,显得自己多巴结似的;不出去也不好,毕竟钱在人家手里。

门背后好,属于欲拒还迎,可进可退。

丁西早是女人,不当家不做主的女人可以没进退的。

丁西早就喊,吴县长好。

吴县长笑呵呵的,都好都好,你当家人在吗?

在在!陈志云亦步亦趋从门背后钻出来,听见大黄叫,就知道有贵客,这不,找半天也找不出像样的一根烟来招待。

陈志云哪是要找烟招待吴县长啊,他是找吴县长要好烟抽呢。

吴县长果然就掏出烟来,烟吗,我有我有,抽我的。

那多不好意思!陈志云嘴里不好意思,手却很好意思地接了一根。

都是抽烟人，分什么你的我的！吴县长难得找到话题，别说一根烟、一包烟，一条烟他都舍得给陈志云抽的。

抽烟跟喝酒一样，也是营造气氛的好东西。

烟抽开了，话就放开了。

吴县长看着陈志云的几间青砖瓦房，眯着眼，漫不经心地说，有些年头了啊，这屋。

嗯，陈志云很得意，整个驿阁桥，这是最早的青砖瓦房。

吴县长就坡下驴，那就不想最早住进小区？

陈志云警惕着呢，吴县长这您就不懂了，我爹说过的，过日子有两样最要紧了。

哪两样？吴县长只好不耻下问了。

一样是睡得好不翻身，陈志云慢条斯理的，还有一样就是……

就是啥，你怎么说半截话呢？吴县长追问。

县长您要我说的啊，这可不是针对您，陈志云就是要吴县长追着问，那样就显得自己不是有意的，还有一样就是，住得好不搬家。

吴县长心里冷笑，你这还是住得好，快跟猪窝有得一拼了。

陈铜富那晚睡得是真好，一个身都没翻，张大粗把他扔到床上是什么样的姿势，他第二天早上醒了就保持着怎么样的姿势。

他能醒来，一半是被尿胀的，还有一半是嘴巴渴的。两下里这么一攻心，人就头昏脑涨地醒了。

酣畅淋漓尿上一通，又灌了一气自来水，陈铜富逐渐清醒起来。

陈铜富还没养成喝茶的习惯。

人倒是不饿,酒精养着身体呢。

狗日的,吃不过人还是各自的饭碗。

陈铜富眼前浮现出昨晚的场景,张大粗、秃头、吴冬冬,还有三个已经记不住名字的片长,敞开肚皮来个个比自己行,难怪城里人鄙薄别人时说别人肚子里装不了四两猪油,敢情自己肚子里最多只能装三两猪油,多一两,肚子就承受不住。

陈铜富真正承受不住的是吴冬冬口口声声喊自己陈科,喊得很客气,很恭敬,喊得陈铜富不知不觉就人五人六起来,对吴冬冬的酒就来者不拒。

事后张大粗调笑陈铜富说,你哪是喝酒啊,你喝的是城里人做派。这个张大粗,还真是粗中有细,说到陈铜富心坎里了,长这么大没被人恭维过,高帽子戴到头上,陈铜富还下得了架子吗?

肯定下不来,只能赶鸭子上架了。

胡乱洗把脸,城里人早上可是要晨练的,陈铜富得跟上形势。

陈铜富的晨练其实就是打扫小区的卫生,今儿个实在没什么好打扫的,毕竟昨天才收拾过。

陈铜富就开了门,对着阳光伸懒腰,还学着做了两个扩胸的动作,电视上城里人都这么做的,在初升的太阳下。

一个胸没扩完,陈铜富发现小区有了人气。

莫不是有新的村民搬进来了?

陈铜富一激动,他得尽点地主之谊,怎么说他都是先住进来几晚上了,先到为君,自己有义务给后来者做一点指引。

新环境,不能让村里人两眼一抹黑。

陈铜富屁颠颠跑到那两个人面前，才发现自己两眼一抹黑，没一个认识的。

你们找谁？

骑着三轮的老头说，找垃圾啊，能找谁？

三轮车上一个头发打了结的女人眼珠转了一圈指着小区内很显眼的垃圾池说，那边，那边！

老头车把一扭，从陈铜富身边擦了过去。

捡破烂的！陈铜富明白过来。

眼见得两人欢天喜地扒拉起来，陈铜富感觉眼里有什么涩着，揉了揉，一颗绿豆大的眼屎滚落下来。酒喝多了，烧的，平时陈铜富眼屎一丁点都不富裕，穷得根本没睡过踏实觉的人，一晚上眼睛揉下来，眼屎怎么生根？

捡破烂的两个人脚刚探进垃圾池里还没生根，一个声音在头顶炸响，找垃圾，你们鼻子倒是很尖啊！

在驿阁桥，说一个人鼻子很尖，等于拐着弯骂人是狗，谁不知道狗鼻子尖啊。陈铜富心说，谁啊，这么缺德，骂这把年纪的人是狗。

能是谁呢？张大粗。

陈铜富不用回头也知道的，但他还是回了一下头，回头的意思是要张大粗嘴上积德。

张大粗很配合，嘴上积德了，他闷声不响走过去，一脚踹在三轮车上，说，还不滚，当小区是菜园子门，说进就进，说出就出，信不信陈科马上罚你们款。

搁昨天，陈科这个叫法陈铜富还是很受用的。

他的醉酒，酒不醉人人自醉的成分居多。

老头见张大粗嘴巴歪向陈铜富这边，立马颤抖着手从口袋里掏出一盒皱巴巴的香烟，上来套近乎，陈科啊，您大人不计小人过，我们捡满这一车就走。

陈铜富目测了一下，三轮车很小，装不下多少破烂，加上还坐一个人，陈铜富就伸出手，不是接烟，他没早上抽烟的习惯，他是要那老头从那一边开始捡，不要翻得乱七八糟的。

手还没伸出去，张大粗猛地咳了一嗓子。

陈铜富就明白张大粗还有话说。

果不其然，张大粗的话看似无关痛痒，实则是一竿子就戳到陈铜富的肺管子了，不要动不动就伸手，别忘了自己的饭碗有多大。

张大粗话语刚落，陈铜富眼前就浮现出一满桌的碗啊碟啊盘啊来，杯盘狼藉的桌面中一个酒糟鼻比无比清晰地再现出来，吴冬冬！

陈铜富使劲拍一下脑子，要死了，怎么忘了吴冬冬这个茬。

不好意思啊，这垃圾是有家的了！陈铜富感觉特别对不起两个老人，说你们转下一家吧。

那个头发打着结的女人耍赖，说，来了总不能空着手吧，就让我们随便捡一点。

那就让他们捡一点？陈铜富望着张大粗。

随便捡一点？说得轻巧，一女还能许二夫？

话糙理不糙，陈铜富一寻思，还真是这么个理，为了自己将来娶媳妇时不被打脸，陈铜富只好打老人脸，他板着脸把女人扒拉出来的十多个水泥袋用脚往三轮车上踢，说，当这是小菜市场，可以讨价还价啊。

陈友贵没料到，陈志云这么难缠的人，主动跟吴县长讨价还价上了。

吴县长从陈志云家里回来，整个脸黑得跟青天大老爷包黑子有得一拼。

出师不利，肯定是。

陈友贵故意挤对吴县长。

说吴县长一出马，摆平陈志云那不跟擤鼻涕一样，直甩的，晚上整几个硬菜，庆贺一下。

吴县长被挤对得心口发硬，话也说不出来。

在陈志云家，吴县长直接跟陈志云拍了桌子。

陈志云根本不吃他这一套，你拍桌子是吧，老子掀凳子。

在驿阁桥，掀凳子就是赶客走，比使唤狗咬人更不讲情面。

狗，说一千道一万，畜生而已，能指望它跟人一般见识？一家之主掀凳子，那就是不把你当客了。

吴县长本来是有得坐的，还有一杯茶，那茶是陈志云接了吴县长的烟后才上的，吴县长还没来得及喝，原本那杯茶，吴县长没喝的打算。

茶杯破了口不说，里面的茶垢都没清洗过。

丁西早不是不勤快，是她地里的活儿都忙不赢，无暇顾及茶杯，再说驿阁桥这地方不年不节也用不上茶杯。

吴县长这是突如其来的客人，若不是为征地协议，陈志云家里到过的最高级别客人，不过是村主任一级的，还是陈友贵当了村主任陈志云家才有的待遇。

之前的村主任，不是陈氏家族的人，见了陈志云像见了癞蛤蟆，生怕被沾上。陈志云这只癞蛤蟆不吃天鹅肉，只吃鸡下巴，而且喜欢跟着村干部后面打秋风，美其名曰自己是二村长。

确实够二的。

不二，也不会掀县长屁股下的凳子了。

顺毛捋也没错，陈志云狗胆包天，来了个倒着毛捋。

不怪陈志云翻脸，怪吴县长说话不观风向。

住得好不搬家，这话吴县长听了心里直乐，那乐里更多的是讥笑。

乐完了，吴县长忍不住要卖弄一下，住得好是吧，那我倒是要请教一下，你们老陈家祖祖辈辈到如今，出过什么名人？

陈志云就哑巴了，别的事好瞎掰，名人的事瞎掰不到自家身上来。

没有名人也行，上过县志的也算。

陈志云还是紧咬牙关，驿阁桥这地上，上过县志的也就是那个跟皇帝有过瓜葛的老祖宗，因为是传说，县志上连老祖宗名字都无从考察，以陈家人代称了。

一击奏效，吴县长就忘了得意不可再往这句老话。

陈志云你好歹也是男子汉大丈夫，见识怎么连古代一个老婆子都不如？

古代哪个老婆子？陈志云被吴县长激将得脸红脖子粗。

孟母啊！吴县长很得意自己的旁征博引，孟母三迁的故事你总听说过吧？

陈志云脸上的血唰地一下冲到眼球上。

听说过怎么样，没听说过又如何？

听说过你就该为孩子着想，孟母那个老婆子都晓得给孩子创造一个良好的学习环境，你难道不想？不让孩子输在起跑线上，这口号可不是空喊的，得落实到行动上。你搬进城里，孩子就能进城里的学校读书，庄稼误了，也就是一季，孩子误了，可是一生！吴县长一番谆谆教诲下来，舌头发干，那杯没清洗干净的茶他也就不再计较卫生与否，端起来准备润润喉咙。

刚递到嘴边，吴县长手掌上突然一轻，愕然间，那杯茶已经被陈志云啪地砸在地上，跟着一声暴喝砸进耳朵，你骂我断子绝孙就明说，什么狗屁孟母三迁，行，老子也跟你来个三迁，先迁了死人再谈活人的事。

吴县长还没醒过神，屁股刚颠了一下要做解释，陈志云一脚把凳子给踹飞了，他妈的，老子没娃儿就活该你这么欺负啊！

吴县长脸上的汗就唰唰流下来，是说呢，进屋半天就没看见一个娃儿晃动一下，院子里晾晒的衣服，也没娃儿的。

难不成……？吴县长眼角余光扫一下丁西早，丁西早正哭丧着一张脸望着陈志云。

陈志云的骂声追在吴县长背后，还转了弯，你个不下蛋的母鸡，害老子被不相干的城里人调派。

调派是驿阁桥土话，有被人促狭的意思。

陈铜富骨子里不是促狭之人，脚上的劲道看似恶狠狠的，口气却是轻的，有息事宁人的意思。

那十几个水泥袋，算不上一块肉，顶多算得上几根头发。

两个人见没了商量余地，只好嘟嘟囔囔着走人，怪就怪那个女人嘴碎，女人不懂得领情，反而冲陈铜富吐口痰，多大的施舍啊，还不许讨价还价。

事情坏就坏在这句话上。

陈铜富可以充耳不闻，张大粗不会。

张大粗阴沉着脸，你再说一遍！

女人真就不知好歹又说了一遍，陈铜富和老头想捂住她的嘴巴都来不及。

多大的施舍啊，还不许讨价还价。女人说时还拿捏起来腔调。

张大粗就笑，好，我倒要看看这个施舍大不大，讨价还价我就不听了，我等会儿听你怎么讨饶的。

说完，张大粗拨出去一个号码，说吴冬冬你马上过来。

吴冬冬过来得真的可以用马上来形容，好像他就潜伏在附近等着现身，是赶巧了，吴冬冬带着人和车正到这边来收破烂呢。

两老的三轮车被吴冬冬给扣了下来，捡破烂也是各有各的管辖范围，好在吴冬冬没为难两老，扣下三轮车，让他们半天做不成事，这个损失就不是买小菜能估量的了。

女人犯的错，却得让老头来赔罪，老头小心翼翼掏出烟，再三再四递给张大粗，张大粗不接，陈铜富推辞不过，接了。

接了就得为人说话。

陈铜富说算了吧。

张大粗不吭气。

陈铜富说乡下人不识好歹。

张大粗还是不动眉毛。

陈铜富说人心都是肉长的。

张大粗眼珠子瞪圆了，说，你意思我长的不是人心？

没、没，不是那个意思！陈铜富心里滴着血，妈的，是人能干出这种缺德事？

你以为他们是人？张大粗从鼻子哧出一股气体来，垃圾堆里讨饭吃的也配叫人？

垃圾堆里讨吃的怎么了？陈铜富那一瞬间差点蹦起来甩

张大粗一嘴巴，他眼前过电影一样闪现出自己第一次进城在垃圾池里扒拉鸡鸭骨头的镜头，他不是要抓起来吃，他就是闻见香了。

这对老夫妇，扒拉破烂不过是变废为宝，城里到处不是嚷嚷着节能环保低碳生活，人家有错吗？

怎么就不是人了！

这几个字陈铜富原本是在心里发泄一下的，偏偏他一激动，这七个字就从喉咙里弹了出来。

你觉得是人，那是你，在我眼里，他们就是垃圾！张大粗脖子一仰，居高临下说，提醒你一句，你都城里人了，别把自己当垃圾。

我还真就是垃圾！哈哈哈……陈铜富突然狂笑起来，他甚至都笑出眼泪来，一串串的，砸在三轮车上，笑完冲不知所措的老两口说，我请你们吃顿饭吧，咱们学城里人，上馆子。

这，合适吗？老头有点蒙了。

怎么不合适？女人眼皮子浅，见便宜不捡要后悔好几天的。

去吧去吧，做不过人是各人的手段，吃不赢人是各人的饭碗！陈铜富拍着胸脯说，看看谁的饭碗大。

谁的饭碗大都不如张大粗眼睛睁得大，要不是有两个眼袋给形成隔断，张大粗的眼珠子肯定啪嗒一声滚落下来，他的眼眶那会儿都形同虚设了。

学城里人你就是城里人了？告诉你，穿上龙袍你也当不上太子！张大粗在陈铜富背后气急败坏地骂。

陈铜富没回头，他想当太子了吗，他连陈科都不想当。

他爹陈二狗活着时，曾经跟他说过，人，为什么是一撇一捺组成呢，就是要你穷不舍志，富不癫狂。

穷是一撇，富是一捺。

这也是陈铜富为什么不愿入族谱的一个原因，他没钱，却又不能舍了志气，只好跟陈友贵横爬了。

跟张大粗横爬，不是陈铜富本意，他眼下是城里人不假，手里有点活钱也不假，尚不至于到达能够癫狂的地步。

是张大粗那句别把自己当垃圾，让陈铜富癫狂了一把。

垃圾怎么了，比你这个寄生虫好，寄生虫离开垃圾还活不了呢，从一堆垃圾里都要变出一顿酒来，陈铜富已经看出张大粗就是一个不折不扣的寄生虫。

张大粗许诺自己的工资，说白了，就是把陈铜富也变成一个寄生虫，那可是寄生在驿阁桥村民身上的虫，喝的是驿阁桥村民的血，叫陈铜富于心何忍。

人可以数典，但不能忘祖，驿阁桥整个村，谁家的饭碗陈铜富没端过，谁家的茅厕陈铜富没蹲过，他娘死后，经常吃了上顿没下顿的陈铜富是吃百家饭长大的，跟吃百家奶有多少区别呢？

没。

老话讲了的，水从源流树从根，找到根，就能摸到藤。

陈铜富没爹娘了是事实，但他照样是有藤蔓的人。

跟陈铜富不一样，同样吃过百家饭，陈志云巴不得在驿阁桥征地协议上挖个金娃娃。

骂吴县长归骂，他背后倒是帮吴县长做村民工作，搬家吧，早搬一天早过上城里人的生活，城里人什么生活，出有车食有鱼，不信你们去看看陈铜富。

真有人去看陈铜富了。

丁西早。

千万别以丁西早是在玩夫唱妇随，她还没这个心窍。

先前说过，丁西早是憨人，憨人总喜欢把别人的话往实在处听，何况还是自家男人的话，丁西早就真的去看陈铜富了。

一个是看陈铜富真的是出有车食有鱼了没，二个是看看城里人的馄饨怎么卖，她心里到底放不下她的馄饨。

挣钱不是主要的，丁西早闲不住，不可能跟吴县长说的那样，有了房子有了钱，就关起门来数钱，数完钱天黑了再数自家男人身上几根毛。

陈志云那个毛躁性子，不数自家几巴掌算轻的。

丁西早嫁给陈志云后，听得最多的一句话就是，打出的媳妇揉出的面。陈志云只要嗓门一高，嘴里热气一大，丁西早就如面条遇见滚开水一样，软了，地里干活那把子牛力气跟抽走了似的，陈志云打脸她护脸，打屁股她护屁股，从没想过她的手也可以回敬到对方的屁股和脸上。用驿阁桥最有名的泼妇、电工吴世海老婆李桂花的话来说，老子打不赢你，咬也要咬掉你一块肉。

李桂花是真的咬掉过男人身上一块肉，自那以后，她男人吴世海再没弹过李桂花一指甲，长记性了呢这是。

陈铜富请老两口喝酒，是长了记性的。

他头天晚上刚醉过，肠胃肯定还没缓过劲，进了餐馆，陈铜富特意点了一个酸菜财鱼火锅。财鱼，吃的是个吉利，再者说，酸菜财鱼汤大补，开胃。

酒当然得有，二两的那种，陈铜富自己不喝，他以汤代酒，陪老头喝。

饭前一口汤，肠胃不受伤。

陈铜富喝得两眼发红，两颊发亮，老头更不用说，喝得鼻尖冒出细密的汗珠子。

女人头发打结，说起奉承话不打结。

女人帮陈铜富添汤，说出门就遇贵人了今天。

老头说，是啊，遇见贵人了，吸溜一口酒，老头酒量不大，酒一下喉咙，音量倒是蛮大。

陈铜富被"贵人"这两个字吓一跳，他忍不住琢磨起这两个字眼来。

怎么就成为贵人了？自己一不穿金二没戴银，换句话说，贵人跟穿金戴银无关，有关的应该是面前这个财鱼火锅了。

陈铜富书读得少，不知道在书本上，自己这就是一饭之恩。

毕竟是落过难的人，也曾经是受人恩惠的人，陈铜富心里就想，什么时候请驿阁桥的村民吃上一顿，涌泉相报他做不到，还人一顿酒席应该可以。

小二两的酒瓶很快见了底，老头的酒量也现了底，话明显多了。

看火锅里鱼骨头鱼刺全都到了桌面上，陈铜富问，还加点菜不？

老头说不加了不加了，都吃到喉咙管了。

女人更是一个饱嗝连一个饱嗝打。

于是就结账，结完账出门。

在酒店门口，陈铜富多了一句嘴，说你们回吧，我打车去。

他是给自己买面子，既然人家都奉承自己是贵人了，贵人肯定不能安步当车。

女人是很能见风使舵的，打什么车，现成的车在眼前呢。

现成的车？陈铜富悟了过来，你是说这三轮车？

三轮车也是车啊，早先我可是用它载过客的。老头说，你请我们喝酒，我们就请你坐回车吧。

就是，就是，不要瞧不起人啊。女人帮腔。

是不要瞧不起车，老头乐呵呵纠正，跟怪酒不怪菜一个理，陈科你说是吧。

话说到这个份上，陈铜富还能说不是？坐吧于心不忍，不坐又却之不恭，正为难呢，女人已经架着他的腰往三轮车上推搡了，陈铜富只好硬着头皮坐上去。

老头喊一声，起驾了！腰一弓，头一扎，双腿一用力，女人在后面一推，三轮车就摇摇摆摆水里鱼儿样撒着欢似的往前蹿。

路不远，没十几分钟，驿阁桥小区就在眼前了。

陈铜富眼尖，看见小区门前站着一个人，以为张大粗还在那儿等自己秋后算账，可不能连累两老了，陈铜富就站起来往车下跳。老头正拧掌膀子使劲呢，陡然车上一轻，赶紧手刹脚刹并用，把车子稳住。没稳住的是陈铜富，他跳得急，身子跟着车随惯性踉跄了两步，正好撞在老头急匆匆刹住的车上。

肉撞上铁，跟鸡蛋碰石头是同样的结局，不同的是鸡蛋会破碎，肉不会，肉只会肌肉受损。

陈铜富明显是肌肉受到损伤了，只是尚在可以忍受的范围，就挥了挥手，说，你们走吧，被人看见不好！

怎么个不好法，陈铜富不说，两老也知道，他们也不愿再看见张大粗那张脸，没人把脸当屁股送上门给人再踢上一脚的。

捡破烂这么多年，这点生活智慧还是有的。

两老就掉转车头，这次是女人踩着三轮车，老头欢天喜地点根烟坐车上享受了。

看着这幕场景,陈铜富胸口有点发胀,贫贱夫妻不是百事都哀的,也有不哀的时候。

倒是自己,应该哀伤一把,没人问寒问暖,更别说新添的伤痛了。

张大粗是有伤痛的人,只是他的伤痛无人知晓罢了。

更多的时候,张大粗的伤痛掩盖在他的嗓门中,和他十足的城里人做派下,张大粗需要这种伪装,在乡下人面前。

靠着这种伪装,张大粗像个真正的城里人那样,穿行在这个县城,如鱼戏水般欢实。

看清了,是如鱼戏水,换句话来说,在这个城市里,张大粗不是真正的鱼,缺氧的时候总是突如其来,那时他的心就会突地一疼,嘴巴张成鱼鳃,翕动着,发不出半点声音。

一般那种场景,是碰见熟人或者知根知底的人了。

没有话语权的张大粗能不伤痛吗?

有必要说一说张大粗的出身。

张大粗的爹是县政府大院的门卫,给县政府大院看了一辈子门都没转正,要不是一次抓小偷被小偷刺了一刀,张大粗是没机会在县政府大院住下去的。

张大粗的爹用身上的伤口为家人换来在县政府的居住权,于张大粗的爹来说,是荣耀,于张大粗来说,则是心口永远的痛。

同样住县政府大院,他们是唯一一家需要出房租的居民。

胡桂芝也是嫁给张大粗之后才拥有知情权的,收房租那天,刚巧胡桂芝一人在家,胡桂芝不明白,县政府大院的居民还要出什么房租。

收房租的那个女人很刻薄，说，你以为县政府大院住的都是县长啊？

见胡桂芝半信半疑地看着自己，那个女人翻出每月房租存根给胡桂芝看。

胡桂芝没话可说了，乖乖交房租，交完不忘打听一下，别人也都这么交吗，还是根据房子大小来收？

女人白胡桂芝一眼，说，别人？整个县政府大院要是有别人，也就你们一家够格当别人。

胡桂芝就从女人轻慢的口气中知道了这么一个不争的事实，城里人跟城里人也有不同。

发现了这么一点不同，如同掌握了张大粗的隐私，胡桂芝对张大粗的态度就急转直下，表面上还是装作对张大粗百依百顺的，内心里胡桂芝是很不屑的，她能够攀高枝嫁进县政府大院，就有能力攀附更高的枝头，养哈巴狗就是她攀附高枝的一个途径。

在她看来，这年月，有能力养狗的，差不多都是有点闲钱的人家。女人养狗是排遣寂寞，男人养狗，就是身份的配置象征。

胡桂芝经常看新闻，知道俄罗斯总统普京就喜好养狗。

胡桂芝的小九九是这样打的，养狗的圈子不大，遛狗的地方就那么两三处，总有在一起交流的机会，狗跟狗混熟了，人和人同时混出感情了，借狗上位，这事虽说没先例，自己一开先河总可以吧。

张大粗无意中的那句查岗，不是空穴来风。

他担心胡桂芝从米缸跳进油缸。

胡桂芝长相在那儿，加上没生孩子，颇有点招人。

周围来来往往的人，哪个没点身家背景啊。

再不济，人家拔根毫毛比张大粗的腰身粗，尺有所短寸有所长，张大粗心里明镜似的。

这些都是无法言喻的伤痛，张大粗原以为，弄个陈铜富当自己跟班，能把自己身价抬高，偏偏陈铜富还不捡自己脸面，为两个捡垃圾的老人跟自己翻脸，骂自己寄生虫，连垃圾都不如。

张大粗有一刻，真的觉得自己成了垃圾，眼看三人一起去下馆子了，张大粗气不打一处来，妈的，老子寄生虫？老子不吃这堆垃圾，看日子能不能往下过。一念及此，他冲吴冬冬掏出五张百元大钞，说，这是你们昨天请客的饭钱，我买单了！

吴冬冬一怔，根据经验，吃进去的东西再吐出来，表示对方反悔了。

吴冬冬说，张哥你什么意思啊？

张大粗说，没什么意思，这堆垃圾以后谁先来谁先捡。

吴冬冬笑，说，张哥嫌酒没喝够？

张大粗突然变了脸，酒喝够了，老子不想当行尸走肉，行不？

这话有点高深，吴冬冬揉了半天酒糟鼻子，也没揉出张大粗话里的意思，他骂骂咧咧接过那五百元钱，说，你嫌钱上有屎啊，老子不嫌。

张大粗跺一下脚，不说话，出了小区门，往东走。东面是县政府所在地，他想看看，胡桂芝晚上在家都做什么，该要个孩子了，没孩子，是拴不住女人心的。

之前不要孩子，是张大粗自己心理在作怪，他口口声声对胡桂芝吹牛，自己住了几十年出租房，不能再让儿子生下来也住出租房，他得让儿子有个立身之地。

胡桂芝眼下就以没孩子立身之地为借口，一直没给他要孩子的机会。

张大粗看穿了，有孩子才有一切。

有房子的陈铜富，之所以会请两个老人去下馆子，不就是因为身边没个孩子缠腿吗？

吴县长没想到驿阁桥真有陈志云这么缠腿的人。

陈友贵和财管所所长李大喜、城建所所长丁武金私下里碰了头，都一脸的难色。

李大喜和丁武金是真的为难，陈友贵则是心里暗喜，自己抄底的时候来了。

我倒是有办法叫陈志云签协议，陈友贵吞吞吐吐地说。

李大喜眼睛一亮，有办法就使出来啊。

可那得豁出去我的根基！陈友贵望着丁武金。

又不是豁出你的命！丁武金伸长脖子。

拆迁工作不能落实到位，他们都面临轮岗的威胁，这可是立了军令状的。

有救命稻草肯定会抓住不放。

陈友贵说，你们不知道，这事吧，一开弓就没回头箭，你们无所谓，拆迁结束屁股一拍走人，那叫各回各家各找各妈，我呢？

你怎么了，难不成路上有老虎，拦着不让你回家？

真有老虎，我给打死了，泡虎骨酒请你们喝！陈友贵豪气干云地说，拼了坐两年牢，也是老虎嘴上拔了回牙，没准还上县志。

那你有什么难的？

你说有什么难的，我这相当于挖人祖坟，只有老绝户才做得出来的事，你说以后在驿阁桥这地方，我还有家有妈吗？

丁武金和李大喜对望一眼，你的意思是……

你们两个帮我试探下吴县长的口气，要是我让陈志云签了征地协议，他能不能拍个板，让我到镇政府或者你们二位手下随便干点事，有碗饭吃。

这个，应该不是难事吧？李大喜看一眼丁武金，抢先封住口说，我们财政要不是省里一条边管着，我这个所长给你当都没问题。

老狐狸！丁武金心里冷笑，你李大喜会抢占先机，我丁武金也懂得后发制人，我们城建所正缺编制经费呢，只要李所长找局里要到经费拨下来，我们敲锣打鼓请陈主任到我们那儿上班。

李大喜没想到丁武金会来这么一手，他是玩一拖三呢。

丁武金所里还有三个临时工经费属于自筹，一直在找各种理由要经费，这三个临时工，都跟丁武金沾亲带故。

陈友贵可不管他们怎么玩心眼，他知道，胜算在自己这一边。

果然，李大喜和丁武金权衡利弊之下，互相一使眼色，冲陈友贵表态说，这样，我们两下里同时行动，你呢，去做陈志云工作，我们做吴县长工作，这么大的拆迁工作顺利拿下，解决个把人的待遇，对县里来说，不就是牙齿缝挤一点嘛。

做陈志云的工作，陈友贵根本不需要牙齿缝里挤一点，陈志云那点小把戏，一开始他就心知肚明，之所以装糊涂，是他跟诸葛亮一样，万事俱备了，需要借陈志云这点东风。

目送着李大喜和丁武金走出自己视线，陈友贵冲头顶的太阳眯起眼睛。天气很好，好得让陈友贵不吼上一嗓子都说不过去。陈友贵到底没把这一嗓子吼出来，那是肚子里装不了四两猪油的人干的事，陈友贵是跟县长共过事的人，得意归得意，还不至于忘形。

私底下，陈友贵忘形得没了谱，跟吴县长在拆迁办临时搭班子跑腿办事，被他升格到共事的层面。

天有多高地有多厚陈友贵懒得操心，他这辈子唯一的愿望是厚着脸皮成为吃工资的公家人。村主任虽说也拿工资，但那是露水前程，晓不到哪阵风一起，就把自己这颗露珠给吹落下来，无影无踪了。

吴县长的怒火来得无影无踪，什么？什么？你再说一遍！

再说一遍就该丁武金了，李大喜把眼光转向丁武金。之前两人有过口头协议，这事李大喜先开口，他不是喜欢抢占先机吗，丁武金直接把李大喜推上前，一进门就冲吴县长说，关于陈志云征地协议的事，李所长有个很好的变通方法想跟您汇报一下。

陈志云的征地协议，是吴县长的心病，既然有了心药可医，吴县长立马摆出洗耳恭听的架势，等听出是这么个意思后，吴县长脸上挂不住了，挟天子以令诸侯呢，陈友贵这是。

关键时候，丁武金这个马后炮不仅起作用，而且威力很大，丁武金说，吴县长我最佩服您哪样您肯定不知道。

哪样？吴县长一怔，丁武金这话跟拆迁有点风马牛不相及啊。

换位思考啊！丁武金说，您第一天跟我们见面开会就说，要我们学会换位思考，尽量为拆迁户着想，钱和房子都一次到位，该给的政策要给，能帮的忙要帮，包括您，都还积极给丁西早建议，摆馄饨摊，卖烤红薯。

那是那是！吴县长被这高帽子压到头上，脸上颜色缓了几分。

丁武金就话锋一转，扯到陈友贵身上，我和李所长也是琢磨再三，才决定跟您汇报这个变通方法的，就这，还是我们跟陈友贵交了好多次心，他才吐的一点絮子，说真要陈志云签协议，只能用不是办法的办法。

既然不是办法，那肯定是要冒风险，陈友贵有这个风险意识是对的，为自己留个后路，更情有可原。

陈铜富没认出小区门前站的人是丁西早，也算情有可原。

他压根都不会想到丁西早会来，这个只会在地里憨做的女人，哪里舍得花工夫进城乡接合部晃悠呢。平时回一次娘家，时间上都算计了又算计，非得趁大农闲，小农闲都不行。

丁西早习惯了把时间整片整片划分，那样手里才出活。

乡下人，活儿多，都在眼里。

丁西早眼里这会儿没了活儿，她来看陈铜富是怎么个活法的，是不是一变城里人就出有车食有鱼了。

还真是出有车，在丁西早看来，送陈铜富回来的三轮车也是车，这点是有依据的，跟赵本山小品里说的手电筒也是家用电器大同小异。

车被陈铜富打发走了，丁西早迎了上来。

陈铜富有点诧异，说，是嫂子啊。

丁西早说，是嫂子不行啊？

行行，当然行。陈铜富急忙往小区里引路，过门就是客，怎么着他都先人一步进了城，得有城里人的礼数。

换拖鞋时,丁西早犹豫了一下,还是换了,她脚丫子太脏,还有一股味,陈铜富没捂鼻子。在陈志云面前摆做派,那是男人的争强好胜心理作怪,跟丁西早,他犯不着。

换了鞋,接了茶杯,丁西早站起来,说,兄弟你领我看看厨房去。

陈铜富没多想,领丁西早直接去厨房。

驿阁桥村民有个不成文的规矩,女人家串门过户,主要看两个地方,一个地方在厨房,厨房是女人显身手的地方;第二个地方是猪圈,老话说了的,秀才不离书,农妇不离猪。

陈铜富没媳妇,丁西早这一看,就藏了心思,陈铜富没想那么远,一个憨女人能有什么心思呢?

丁西早一进厨房,就发现冷锅冷灶的,显然是几天没开烟火。

食有鱼,食有鱼,鱼鳞都没看见一片。

丁西早就说,铜富兄弟,你这是给城里人脸上抹黑呢。

陈铜富很奇怪,我怎么就给城里人脸上抹黑了?

丁西早人憨,说话就不晓得拐弯,还不是给城里人脸上抹黑,你这灶门都几天没开了,揭不开锅了是吧。

哈哈哈,陈铜富笑得泪花往外漫,刚才腿撞上三轮车都没让他疼得掉眼泪的。

笑什么?丁西早纳闷了,我说错了?难道城里人都兴吃生的?

陈铜富说,嫂子你还真是,你以为城里人天天开烟火啊。

不开烟火吃什么?丁西早觉得不可思议。

陈铜富说,大街上多少饭店啊,光早点这一项,干的有粉丝、面条、蒸饺、油条、包子、花卷,稀的有豆浆、牛奶、八宝粥、绿豆汤，这些都是我们想得到的名堂，还有多少想不到没吃过的玩意儿呢。

你意思，你成天在外面吃？丁西早半信半疑看着陈铜富，也是，陈铜富脸上红润着，不像是吃一顿管三天的样子。

在驿阁桥，陈铜富的日子出了名的饥一顿饱一顿，逮着谁家做事，吃一顿肥实的可以管三天。

成天也不至于，反正这几天是天天下馆子，从明天起，我就单开伙了！陈铜富不好意思地笑了一下，他说的是实话，不当陈科了，自然没人奉承自己，张大粗也不会带自己出去蹭饭吃。

天天下馆子，那不是顿顿有鱼吃？丁西早是真憨，在她心里，鱼就是最好的菜了，要不然咋说出有车食有鱼呢？

鱼算什么？陈铜富的城里人做派这时就出来了，往外哈了口气，不无得意地说，不信你看，吃得我舌头都快生出鳞片了。

丁西早真就凑上前去看丁西早的舌头，果然不假，陈铜富的舌头发红，还起了泡，这点丁西早有经验，陈志云只要出去混吃混喝几顿回来，舌头一定会起泡、发红，"天花板"还溃疡。

陈铜富的"天花板"有没溃疡呢，得看清楚。

丁西早就是这么爱较真的一个憨人，她把头一歪，凑得更近了，想看个仔细。

陈铜富活了三十多年，从没哪个女人挨他这么近过，丁西早身上的女人味道让他忍不住口舌生津，有口水漫出牙床，太不雅观了！陈铜富赶紧伸出舌头，要把漫出牙床的口水吸溜回来，结果是，他伸出的舌头一下子舔着丁西早凑上来的嘴唇。

两个人像是被什么东西烫了，赶紧分开。

还真的吃鱼了！丁西早没多想，她是真的闻见鱼腥气了。

嗯，财鱼！陈铜富迅速接上话，财鱼火锅，很好吃的，要不要我请你吃一顿？

我可没那个福气！丁西早说，我就是伺候别人吃鱼的命。

这是大实话，家里就算有鱼有肉，丁西早也没机会下筷子，她还按驿阁桥老规矩，家里来了客人，烧火婆子是不上桌子的。

整个驿阁桥，也就丁西早这么遵循这老规矩，她一个外地来的媳妇，再撞到这么一个游手好闲的男人手里，有心破这规矩也没人背后撑腰。

有了吴县长的拍板在背后撑腰，陈友贵觉得应该跟陈志云正面交锋一次了。

之前跟陈志云的种种磨嘴皮，在他看来，都是在逗着对方玩。

两只蚂蚁路上相逢了，也不是一见面就厮杀开来，都有一个过程，先伸出触角，发出信息，看是不是一个巢穴的，再发出蚁酸，看是不是同一家族的，到最后，才可能大肆撕咬。

这年月，蚂蚁都晓得不做无谓的牺牲，何况是人。

陈友贵觉得吴县长早先跟陈志云浪费口舌的行为，很不值一哂。

那不是杀鸡用牛刀，是杀泥鳅用了牛刀，跟用航空母舰去打鱼是一个道理。

陈志云算什么，在陈友贵看来，充其量就是一条泥鳅，泥鳅怕什么，怕灰，灰一呛，除了乖乖等着被捉，别无选择。

陈友贵早就准备了一把灰捏在手中，随时可以呛得陈志云出不了气。

吃了那么多年的鸡下巴又如何，不是什么话你陈志云都有能耐接上嘴的。

能够令吴县长落荒而逃，在陈志云看来，是很长自己志气的事，所以对陈友贵，他第一次流露出来不耐烦的语气，马上就是城里人了，还指望村里能照顾自己什么？

城里人过日子，都是八仙过海各显神通。

还没下海，陈志云已经显了自己的神通，让县长吃瘪在陈志云看来不算神通，能让死人为自己挣钱那才是神通。

陈志云这点小心思，陈友贵看得透透的，却不说破。

进门，丁西早不在家，正好，当着丁西早陈友贵还真的说不出那些挑拨是非的话。

丁西早是善良的女人，只不过落错了人家。

当地老话说，女人是个菜籽命，落到肥处一棵菜，落到瘦地一根苔。

丁西早差不多已经成了一棵狗尿苔。

陈友贵自己搬了个凳子坐下，还掸了掸上面的灰尘，故意灭自己威风说，这不会是吴县长坐着被你掀翻的那个凳子吧，要是的话，我趁早把屁股撅起来，免得你掀凳子时把屁股给踢上了。

陈志云抱着膀子说，你还真的说对了，吴县长就是在这个凳子上被我掀翻的。

这话有很大水分，陈友贵也不纠正。

他伸出拇指来，兄弟，我服你，整个驿阁桥敢不甩县长的，也就是你了。

陈志云被陈友贵一夸，脖子跟叫驴子一样昂起来，那是，腰里系根绳，一辈子不求人。

陈友贵继续给陈志云戴高帽子，还是兄弟活得大气，哪像你哥哥我，为人不当差，当差不自在。不过，了完这宗事，哥哥也不干这个卖屁股的事了。

这宗事是什么事，陈志云没问。

陈友贵主动说了，兄弟你防着点，吴县长没准拿弟妹那儿开刀呢。

丁西早有什么刀给他开的？陈志云不以为然。

要说有，肯定有！陈友贵慢条斯理点燃一根烟，还丢给陈志云一根，听吴县长说要安排人给弟妹在城里找个店子，专门卖馄饨，作为驿阁桥小区一个示范点来抓。

难怪，难怪！陈志云恍然大悟起来，我说这个婆娘怎么就今天馄饨明天馄饨，感情是拿老子的嘴巴和肠胃在练手艺啊。

练好了手艺，又有了资金，弟妹肯定会让你活得亮堂堂的！陈友贵继续点火，他知道陈志云不希望女人太能干，这意味着他骑在丁西早头上的日子一去不复返了。

资金？丁西早哪来的资金？陈志云还没完全被点燃。

她现在是没有，可吴县长只要一批示，你家的征地协议款她可以拿走一半的，人家也是户主之一！陈友贵轻轻点上陈志云的软肋。

她敢！陈志云勃然大怒，皮痒了吧。

有什么不敢的，吴县长在背后撑腰，你动她一根毫毛试试？陈友贵冷笑，要是我猜得没错，这次她姥姥的迁坟费用她最低会找你要一半。

还真是这样！陈志云眼珠子瞪圆了，你意思是吴县长会各个击破？

那得看你跟弟妹感情有没那么牢固了！陈友贵故意仰天长

叹一声，兄弟不是我说你，早知今日何必当初，动不动把弟妹当牛当马也就算了，还连把好草都不舍得喂。

陈志云一下子蒙了，觍着笑脸凑上来。

陈友贵故意颠起屁股，说兄弟你是要掀翻凳子吧。

陈志云知道陈友贵这是在挤对自己，可他这会儿腰里不光没绳子可系，连根棉线都没，陈志云伸出袖子把那个凳子抹了一遍又一遍，说这是亲有三顾，哥哥你好歹顾我这一回。

真要顾你是吧？陈友贵这才拿着架子坐下来，那你必须听我的，不然你的另一半家当姓不姓陈还未可知。

行行行，你怎么说我怎么听！陈志云从口袋里摸出烟来，恭恭敬敬给陈友贵点上。

陈友贵这会儿就反客为主了，丁西早那儿，你稳住，她不是要一半姥姥的迁坟费吗，你答应她，她说要摆个馄饨摊子，你也答应。

都答应了，我还有什么胜算？陈志云不乐意了。

这叫麻痹敌人，懂吗？陈友贵狠狠瞪一眼陈志云，吃鸡下巴就老老实实吃，别再给我整出鸡飞狗上墙的场景来。

见陈志云把头点得小鸡啄米一样，陈友贵临出门再撂下一句，口气是前所未有的严肃，那个迁坟费，你不要抱指望，除非你把你姥姥从陈家祖坟扒出来，把丁西早姥姥埋进去，是捡芝麻还是抱西瓜，你自个儿盘算好了，吴县长那边，我帮你运作。

陈志云被训得像孙子，跟在陈友贵屁股后面再三央求，你可得把吴县长给运作好啊，不要让吴县长抢前面把丁西早运作得成了拉磨的驴子，只听他吆喝了。

怎么才能把陈友贵的事顺理成章解决，不是吴县长一句话就能搞定的事，得书记县长说了算，他说了呢，也算，算给文章开了篇。

后面文章怎么写，就不是吴县长的事了。

拆迁工作本来就是基层政府目前面临着的老大难工作，难得有了解铃的办法，系铃人的要求也不高，吴县长没理由不开门见山跟书记县长汇报。

孰料，书记说，看县长的意思。

县长说，要不开常委会讨论一下。

吴县长破天荒地黑了脸。

照这么看，我这个拆迁办主任干不下去了。

县长笑，很意味深长。

只怕你还没干不下去，就有人干不下去了。

谁呢？吴县长听出县长是话里有话。

县长那儿却没有答案。

陈友贵可是等着吴县长答案的，尽管他等得心急火燎的，表面上却不动声色，他是学姜子牙稳坐钓鱼台。

吴县长根据多年的政治嗅觉，预感到有事发生。

一动不如一静，守株待兔总比拔草寻蛇风险要低。

陈志云有生以来首次感受到的风险，竟来自丁西早，这让他没来由地愤怒、焦虑、不安。跟自己玩憨人有憨福的把戏呢，幸好陈友贵提醒自己，不然自己落得个里外不是人。

好险！陈志云悄悄吐舌头。

好阴险！陈志云狠狠咬牙齿。

丁西早不吐舌头，也不咬牙齿，从陈铜富那儿回来，她天天咬在陈志云屁股后面，问征地协议你到底几时签，陈铜富那儿我看了，真的是出有车食有鱼。

眼热陈铜富了？陈志云阴阳怪气地说。

有金筷子银碗谁还拿它讨饭吃啊！丁西早一点也不隐瞒自己的观点。

那你跟陈铜富过日子去啊，我不拦你！

丁西早被陈志云这话弄得发蒙，我们自己又不是不能成为城里人，我干吗跟他过，就是签个字的事。

就是签个字的事，说得蛮轻巧啊！陈志云的驴脾气上来了，老子可是有言在先，你哪只手敢签字，老子先剁你哪只手。

丁西早吓得条件反射般，两只手背到身后，舌头却没听从大脑指挥，一句话嘟囔出来，我就要姥姥那一半迁坟费用，你答应了的。

哼哼，狐狸尾巴藏不住了，要了一半的迁坟费用，下一步就是搬迁费用，玩得寸进尺也不看看情形。驿阁桥土生土长的人都晓得，路过他们这地方的王子后来当了明朝一个皇帝，明朝后来有个著名的大宦官魏忠贤，九千岁了还百尺竿头更进一步想当万岁，丁西早真没白在驿阁桥过日子，屋檐滴水照得清，后人学着前人行。

看你能行多远。

陈志云决定不动声色，没必要动声色的，一切都在掌控中。

陈友贵再不待见自己，胳膊肘也不可能往外拐。

事实上是，陈友贵的胳膊肘已经往外拐了，他想把自己从驿阁桥这个地方连根拔除。

行，不就是一半迁坟的费用吗，给你！陈志云想起陈友贵的话来，反正是不抱指望的事，就满足一下你丁西早的心。

整个驿阁桥，不是吹，陈志云别的本事可以排第二，忽悠女人的本事绝对能够排第一。

螳螂捕蝉黄雀在后，陈志云万万不曾料想到，陈友贵已经成功把自己忽悠了。

天地良心，吴县长没忽悠陈友贵的念头。

你那个事，我跟书记县长汇报了，需要再议议。

再议议就再议议吧，反正最终解释权在书记县长那里。

然而，事情的发展不以吴县长的意志为转移，陈友贵的事还没有进一步消息呢，出意外了。

那种令人猝不及防的意外。

张大粗出的意外是他自己都始料不及的。

他那天回县政府属于误打误撞，他一般是上午回来，晚上在小区值班。

养狗以后，胡桂芝如愿以偿认识了不少男狗友，偶尔她也会跟男狗友出去小坐，仅限于小坐，她矜持着，知道女人得人为地设置一些障碍给男人，那样才能给自己提价。

之前嫁给张大粗，已经是把自己当白菜一样贱卖了一回。

再犯贱，就罪不可恕了。

还真吊起了一个男狗友的胃口。

男狗友是本地最大的房地产老板，也姓张，叫张成武，经常到县政府大院走动。

这一次的碰见，是真正意义上的偶遇。

张成武打算接下县政府大院后面那栋旧居民楼的改建工程，需要实地勘察一下。不承想，意外勘查到了胡桂芝名下，那会儿，天色已经暗淡下来。

因了那层狗的关系，两个人眼里同时泛起亮光，招呼声里，也涌动着波涛。

你住这里面？

嗯！

狗呢？

在家待着啊。

你这就不对了，张成武笑，自己出来溜达，对狗也太不人性化了。

我要是对狗人性化，溜出门了，对张成武就不人性化了。胡桂芝话很讨巧，哥哥难得到政府里来走动，小妹怎么也该一尽地主之谊。

小妹意思是请哥哥去家里坐坐？

相请不如偶遇，就怕寒窑太破委屈你这尊菩萨了。胡桂芝扭一下腰肢，她知道自己身上最迷人的地方在腰肢。

不是寒窑我还真不去呢，谁不知道寒窑里住着薛宝钗啊。张成武还真的就喜欢会扭腰肢的女人，那扭动的，可是女人的万种风情。

古龙武侠小说里说过，一个不会扭腰的女人，给人印象就是一把移动的扫帚。

一问一答间，事儿就敲定下来。

胡桂芝先走一步，张成武点燃一根烟，眯着眼，眼角余光却四处扫描一番，还好，黑暗中的县政府大院来往人都行色匆匆，没人关注他，更没人关注胡桂芝。

眼见着胡桂芝影影绰绰走到最后面的居民楼了，张成武假装内急，丢下烟，捂着肚子往后面跑，到过县政府大院的人都晓得，后面有个公共厕所。

胡桂芝的身影在那个豁了口的门洞那儿候着，看张成武走过来，嘴巴悄悄往上翘了一下，伸出两根指头，张成武心有灵犀，那意思是上面二楼。

为担心暗处有眼睛，张成武假模假样捂着鼻子转进厕所，仔细聆听了一番周围的动静，很好，没动静，安静得不像话。

县政府居然还有这么一处闹中取静的地方。

安静归安静，厕所却不是久留之地。

张成武探出脑袋，再次确定四周无人，很从容地擤一把并不存在的鼻涕，迅速来到门洞里，踩着黑，蹑手蹑脚上楼，楼上有一扇门虚掩着，有微弱的光线渗出，张成武知道那一准是胡桂芝留的门。

闪身进屋，用脚轻轻带上门，果然，胡桂芝正在里面翘首以盼。

瞧你，做贼似的！胡桂芝故意把话题往那上面引。

贼有我这胆子吗？张成武挑逗着响应。

什么胆子？胡桂芝明知故问。

包天的胆子啊！张成武坏笑。

胡桂芝脸红了，傻瓜都知道，只有色胆才包天的。

脸红的女人，张成武已经很少见了，他怀里搂着的，都是风月场上的老手，胡桂芝的脸红让张成武心里涌上一股别样的情愫。

那边是卧室吧？张成武打量一番客厅，客厅很逼仄，厨房和卫生间在一个门里边，里面一分为二，做了隔断，是七十年代那种老建筑的布局。张成武对这种老建筑很熟悉，主卧里面应该还有一个五尺见方的小阳台。

胡桂芝误会了，这张成武也太直接了，边问边走进了卧室。

还真的没说错，男女之间的距离就是一张床。

胡桂芝不想那么快就跟张成武零距离，王宝钏和薛仁贵是夫妻吧，寒窑相认时都还要互相试探一下对方的心，仅仅狗友的身份，就行苟且之事，胡桂芝没那么贱。

她需要的不是上一次床，对于一个有点姿色尚且年轻的女人来说，要跟人上床那是分分钟的事，胡桂芝想要的东西，很多，很多，多得这个卧室装不下。

何况她家卧室里那么寒碜的一张床，上面还有张大粗的臭脚丫子味和汗酸气。

拒绝也不妥当，张成武这种人，别的东西富裕，耐心绝对很贫瘠，张成武一旦任性拍屁股走人，胡桂芝这出戏就只能以狗血收场。

甜头还是要给点的。

胡桂芝就飞一个媚眼给张成武，娇嗔说，人家都还没做好准备呢。然后起身，褪下外衣，进了卫生间，洗脸洗手还是洗什么？呵呵，可意会不可言传。

胡桂芝是给自己打时间差呢。

张成武这种有钱人，玩的是情调，肯定不会催自己，这期间保不住有人催他啊，房地产老总，哪个不是日理万机的。

真的有人催张成武了，胡桂芝在卫生间里听见自己家门被踢得山响，开门，开门！

是张大粗的声音。

胡桂芝脸一下子白了。

张成武脸更是白了，孤男寡女在一起，总是说不清的，尤其是，女主人胡桂芝还正扒了外衣只剩下裤头和内衣在卫生间弄得水声哗哗的，一个陌生男人正待在男主人的卧室里。

张成武条件反射般就蹿到卧室后面那个阳台上，才二楼，他身子轻巧，跳下去，应该无碍的。

陈铜富第三次看见吴冬冬,是在电视新闻上。

张大粗把钱砸给吴冬冬后,吴冬冬很生气,捡破烂不等于自己可以被人耍,吴冬冬一挥手,带着手底下人走了。

五百元,足够他们几个人吃喝一顿。

就吃,就喝,吃喝完了还骂人,骂完人了还不解气,人肚子是饱了,车,空着呢。

要不,顺几个下水道井盖回去?吴冬冬手底下一个伙计献计说。

你他妈猪脑子啊,现在的下水道井盖早不是铁的了,都是水泥石板的,吴冬冬骂骂咧咧的。

才不是呢,县政府大院背后那条巷子后面,都还是铁的下水道井盖,只不过很有些年代了,不知还能不能变钱。

是铁就能变钱!其余几个不嫌事多。

在吴冬冬看来,他们今天的遭遇就是一脚踏空了。

真是铁的,就顺几个!吴冬冬酒气熏天地拍了板。

就这么一顺,吴冬冬把自己顺进了班房,县政府大院后面临街的下水道井盖是铁的,这么多年一直没人敢盗,是没人敢捋老虎屁股上的毛,老虎有打盹的时候不假,可老虎发起威风来,只需长啸一声,就足以声震山岳。

电视新闻里,吴冬冬哭丧着脸,脚下是好几个锈迹斑斑的下水道井盖,电视还给了特写镜头。

紧跟着吴冬冬盗窃下水道之后的一个新闻,是跟吴冬冬相关联的。

城建部门在新装下水道井盖时,发现最僻静处的下水道里有恶臭,安排人下去一看,发现一具尸体,死者身上的证件证实,他就是失联三天的房地产商张成武。

陈友贵是在跟陈志云再议议时看见这则新闻的。

陈友贵的再议议,表态的成分居多,那个协议,你可以签了,早插秧早分蘖,早养儿子早得歇。

陈友贵瞅一眼在厨房里包馄饨的丁西早,压低嗓门说,她姥姥的那个钱呢,吴县长怎么说?

陈友贵不耐烦了,跟你再三再四说了,瞧你那点出息,就记得挣死人的钱。

正说着,电视镜头出现殡仪馆工作人员,他们把从下水道里拖出的一具尸体给消毒后,抬上车。

听电视上解说,死者是本地失联三天的房地产商张成武。

张成武,这名字有点熟悉呢。陈友贵癔症了一下。

手机就是在这会儿响起的,陈友贵看来电显示,是吴县长,他冲陈志云使个眼色,意思要他看着点丁西早,并让他看来电显示屏上的名字。

吴县长?陈志云无端地紧张起来。

陈友贵很志得意满地出门,按下接听键表功说,吴县长啊,我这会儿正在陈志云家做工作呢,您放心,我的瓜熟了,他的蒂也落了。

满以为吴县长要狠狠表扬自己的,孰料吴县长狠狠来了一句,想瓜熟蒂落,下辈子去吧,这瓜永远是夹生货一个。

什么意思?陈友贵脱口问出来。

张成武死了。

张成武死了关我们什么事?

张成武是驿阁桥拆迁的投资商,他死了,资金链断了,你说关不关你的事。

资金链？李所长那不多的是钱吗？

那是县财政帮着垫付的，你以为县财政的钱多得用不完啊！吴县长在手机里长叹一声，让那个陈铜富捡了天大的便宜。

陈友贵听口气不对，您意思是，我们搬迁，没戏了？

想唱戏是吧，自己搭台子啊！吴县长啪的一声挂了电话，挂电话前还没好气哼了一声。

陈友贵的脑子嗡的一声炸开了，有金星乱舞。

乱了，一切都乱了，陈友贵双膝一软，瘫坐在陈志云的门槛上。

胡桂芝被张大粗的踢门声吓得大气不敢喘一声，躲在卫生间里，寻思着怎么才能避开这一顿胖揍，她明明听见了门开的声音，也听见脚步声穿过客厅进到卧室，可意料中的打斗声并没如期响起。

这都不算奇怪，最奇怪的是前后不过五分钟的光景，屋里就安静下来，可怕的那种安静。

胡桂芝悄悄打开一线门缝，客厅里摆设丝毫没动，她的裙子还原封不动斜搭在沙发上，卧室的门洞开着，屋门紧闭。

张大粗不见踪迹，张成武也看不见人影，玩人间蒸发呢，这是？两个活生生的大男人啊。

你别说，这两人从此还真的是在胡桂芝的生活中彻底蒸发了。

张成武的消息事后胡桂芝得到出处，张大粗却再也没了消息。

张大粗那天进门后，看见沙发上的裙子，立马嗅到一股陌生人入侵的气息，他三两步冲进卧室，正好看见一个背影在阳台上，等他抢到阳台上，那个背影已经跳了下去，阳台不高，张大粗却听见一声撕心裂肺的惨叫。

更令张大粗发瘆的是，他借着手机的电筒光照下去，下面竟空无一人，只有一个黑洞洞的下水道冷冷地望着自己，像是暗夜里幽灵张开的嘴巴。

那人肯定头下脚上栽进下水道折了脖子，从那戛然而止的惨叫可以听出。

张大粗人粗，心思却细，闹不好，落个过失杀人的罪名，还不如装聋作哑，悄悄走人。

在死无对证的情况下。

胡桂芝再傻，也不会把事往自己身上揽。

同为女人，丁西早的傻就暴露无遗了，她把姥姥的事揽到自己身上了。

张成武的死，让整个驿阁桥村民蒙受的损失是巨大的，陈志云把气撒到了丁西早身上，你个败家的婆娘，那么早去了，吴县长那么鼓动你，怎么就不签协议啊，天生的叫花子命你这是。

丁西早嘴巴嚅动着，我一不当家二不做主，签了协议你不打死我？

现在老子更得打死你！陈志云的巴掌带着风扇过来，你个夹黄婆娘。

驿阁桥的老辈人说了的，夹黄天气害死人，夹黄婆娘气死人。

丁西早挨了打，真的夹黄起来，打啊，有种你打死我我早点去享福，跟着你反正也没享过几天福。

在驿阁桥，人死了，才叫真正去享福。

一听这话，陈志云反而停了手，你想享福去，没门，死了老子还得赔付你棺材钱。要死可以，滚回你老家去死，带上你姥姥。

陈志云现在怎么看都觉得屋后菜地丁西早姥姥的坟墓晦气，这哪是给自己带来财气，分明是给自己冲走财气。

丁西早就这么被赶出了门。

不是光人被赶出来的，丁西早把姥姥的骨灰坛子刨了出来，她知道，只要自己一走，陈志云紧跟着就会把姥姥坟头给扒了。

姥姥活着时最疼丁西早了。

丁西早没理由不在姥姥死后疼一把姥姥的骨灰，她不想姥姥的骨灰被陈志云给撒到荒郊野外。

驿阁桥的村民没人发现丁西早被赶出家门，眼看着摇身一变就要当城里人了，大家都憋足了劲跟在陈志云后面，准备捡天大的便宜。

起码比陈铜富的便宜要大，要好，要多。

馅饼已经悬在头顶了，比明晃晃的太阳还诱人，看得见也摸得着。是的，大家伙儿从丁西早描述的陈铜富的日子中，已经看见出有车食有鱼的生活在向自己招手，只要应个声的事了。

偏偏，青天白日响起霹雳。

雷声过后，馅饼没了，太阳没了，车没了，鱼没了。

有的照旧是土里刨食的日子，汗珠子落地摔八瓣的日子。

唯一不照旧的，是陈铜富实实在在变成城里人了。

丁西早走过陈铜富的破屋时，忽然想起应跟他告个别，怎么说，人家都是请她吃过财鱼的人，真心实意伺候她吃的。

陈铜富那天已经吃了一回财鱼，请丁西早吃财鱼，他在一边不是端茶就是递纸巾，还帮丁西早上了两次饭。

跟着张大粗出去吃了几次饭,陈铜富多少学会了一点饭桌上的礼数。

丁西早的礼数跟陈铜富不一样,带着憨劲头,她竟然抱着姥姥的骨灰坛子到陈铜富城里的家来告别。

陈铜富误会了,以为丁西早给自己送酸菜来的。

陈铜富那天请丁西早吃酸菜鱼火锅,陈铜富一边帮丁西早端茶递纸巾,一边说,嫂子家的酸菜比这餐馆的更好吃。

这是大实话,有一次陈铜富病了,没胃口,一个人冷锅冷灶的歪在门口晒太阳,丁西早看他脸色蜡黄,下了一碗面给端过来,还送了一瓶子酸菜,吃得陈铜富大汗淋漓的,胃口大开,病一下子好了一半。

主要是心里暖了。

人说好言一句三冬暖呢,何况还是好吃好喝加上丁西早的好心肠,陈铜富活半辈子了,有哪个女人管他吃饱穿暖啊。

两个人,一个憨憨的,一个傻傻的,就这么着,丁西早姥姥堂而皇之进了陈铜富的家门。陈铜富接过坛子说嫂子你真有心,随便说句话,你还真送我酸菜!

丁西早使劲一拍大腿,糟了,我怎么把姥姥骨灰给抱你家里了?

姥姥骨灰?陈铜富一愣,他听说过陈志云借丁西早姥姥骨灰狮子大开口的事。

丁西早就一把鼻涕一把泪把事情的来龙去脉讲述清楚,末了说我是带着姥姥回老家的,跟你告个别就走。

陈铜富心软,人死了还这么折腾,嫂子你忍心啊。

丁西早当然不忍心,可她能有什么办法。

要不,我给姥姥买块墓地吧。陈铜富说,嫂子你都跟姥姥表态了要让姥姥进皇山陵园，咱们当晚辈的不好糊弄先人的。

姥姥跟你一不沾亲二不带故，你不忌讳家里进了个死人？

陈铜富笑，我他妈就忌讳活人，死人有什么好忌讳的。

那咱们去看墓地？丁西早眼泪一下子干了。

等等，我还没吃早饭呢。

早饭啊，简单，我给你包馄饨。

别，那样会把我嘴巴吃刁的！陈铜富打趣说。

刁了不怕，我换着花样包给你吃！丁西早很认真地说。

你能包我吃一辈子馄饨啊。

只要你喜欢吃，我就包你吃一辈子馄饨，还摆摊子，卖给城里人吃。丁西早很认真地看着陈铜富说。

卖给城里人之前，我们应该请驿阁桥所有村民吃一顿馄饨的。陈铜富也很认真地看着丁西早说。

丁西早再憨，也听出个大概来。那你还得买上一辆三轮车，你得保证我每天出车摆馄饨摊子能见着活钱才行。

推着三轮车摆摊子卖馄饨，很不错的主意啊。陈铜富眼前过电影一样闪现出这么一组组画面，丁西早手脚不停地包着馄饨，自己在一边收钱，看着开水锅，很温馨的场景啊。再往后的场景里，他们的三轮车后面没准还有个孩子拖着长长的鼻涕，一会车前一会车后，跑来跑去。

每天出摊前，迎着早上初升的太阳，陈铜富手里还应该有一袋垃圾的，随手丢在门口的垃圾桶里。

垃圾，城里人的垃圾，呵呵。

有鸡鸭鱼骨头香的垃圾。

恍然间，有朦朦胧胧的水汽从厨房弥漫出来。

丁西早进厨房包馄饨去了，陈铜富在水汽中睁开眼睛，做了个家喻户晓的动作,使劲扇了自己一嘴巴。

疼!

城里人的生活字眼里,应该是没有疼这一说的。

水汽中弥漫着馄饨的香味,陈铜富贪婪地抽动鼻子,有点晕晕乎乎的。

婆家的饭长

周志山把头扎在碗里，呼哧呼哧吃出吧唧声。

饿牢里放出来的都比他斯文。

一碗三鲜粉，吃得像黄河要决堤似的。

陈雅静笑话周志山吃相比洪水来了还惊天动地呢。

有什么好奇怪的，娘家的饭香！周志山抹一下嘴巴，伸手说，纸，汤都流到嘴角了。

陈雅静递过去一沓餐巾纸。

话是跟着递过去的，娘家？周志山你把话给我说清楚，我可没本事嫁你，明明你自己申请驻的队，扫地出门这名声我不背。

扫地出门太掉价，周志山笑，我自己嫁出去行不？

也不行！陈雅静气鼓鼓地。

咋不行？周志山说，我都自降身份了。

你降身份，得给我见个真章。

嫁人出去的真章是彩礼。

钱我可没见着一分！你藏私了？

藏什么私，瞧你这生意人本性，句句不离钱！周志山耍花腔，夫妻间谈钱，伤感情。

两口子谈感情还伤钱呢！说吧，又看中娘家什么，想往婆家带？

周志山嘿嘿笑，确实有主意要打在陈雅静身上。他没打算瞒，瞒不住，陈雅静眼睛毒。

自从周志山担任黑王寨村精准扶贫工作组组长，回城里十次，有十一次带着任务。

不是找人，就是跑项目，最后都落到一个字上——钱。

没办法，娘家的饭香，婆家的饭长！黑王寨这个婆家，底子薄,娘家不帮衬谁帮衬?周志山每次回家都这么诉苦。

要我说,你回娘家算了!为帮你把这个扶贫组长当好,我前前后后找的人、跑的项目,都能让你坐上招商局局长位置了。

这话不夸张,市里对招商引资有奖励,对招商人才尤为重视。

陈雅静是市企业家协会会长,企业家朋友多,经她牵线搭桥,药材大王陈志豪投资在黑王寨建立了药材基地,董大成入股开发的葛粉系列产品远销欧美东南亚。

回娘家,我倒是想!周志山做愁眉苦脸状,正月初二你对我的谆谆教导,我可没齿不忘。

正月初二,谆谆教导?还没齿不忘?陈雅静蒙了,她只对生意场上的事上心。

年节这种事,过了就烟消云散。

幸好我留存有证!周志山调出手机微信,上面是陈雅静发给周志山的大年初二老婆篇:今天是已婚女人最幸福的日子——曾只身一人赴战场,而今日,领着俘虏带着战利品回到根据地,彰显一个成功者的自豪与骄傲。

周志山的俘虏和战利品肯定另有所指。

陈雅静抱着膀子,你剐我肉可以,不能把我筋都抽到黑王寨吧。

陈雅静在黑王寨办了个纯净水厂,营销思路就是套那个我们自己不生产水,我们只做大自然的搬运工的大牌纯净水,利润不大,绝不至于亏本。

这样的纯净水厂,办十个八个,陈雅静都乐意以娘家人身份贴进去。

伤筋动骨的投资,陈雅静肯定得三思。

怎么会抽你筋呢，我是给你家老爷子壮筋骨来的。

主意打到我家老爷子头上了？

老爷子虽说是从市委到了人大，影响力还在，黑王寨中医世家马麦家的紫花地丁膏药申请非遗，还是老爷子鼎力相助才成功的。

什么叫打主意，这叫关注老年人身体健康！

我倒要看你怎么个关注法。陈雅静逼周志山摊牌。

黑王寨不是有很多桑葚吗？你吃过！

一听桑葚，陈雅静口齿不争气地冒出酸水，黑王寨独特的地理位置、充足的光照，让黑王寨的桑葚酸甜适口，个大、肉厚、色紫红、糖分足。

陈雅静对桑葚没有抵抗力。

这个喜好源于她母亲，周志山驻村第一年，带了桑葚回来给陈雅静父母尝鲜，在中医院当护士长的母亲可欢喜了，对陈雅静说桑葚性味甘寒，具有补肝益肾、生津润燥、乌发明目等功效。同时还是利尿、保健、消暑的鲜果，《本草纲目》中有记载。

陈雅静当时信口来了句，这东西很值得开发啊。

想起这宗事，陈雅静警惕性上来，我可告诉你，老爷子一辈子没犯过错误的，你别打着关注老年人身体健康的名头，让老爷子晚节不保。

瞧你把话说的，一个女婿半个儿，没听说有儿子挖坑给老爹跳的。

说这话时，周志山眼前自动脑补出一个坑，那个坑，在黑王寨北坡崖上，有名堂，叫天坑。

说天坑，其实是近百亩平地，三面环山，乍一看，像老天给砸了个坑似的。

天坑这个地方，老爷子去年春天去过。

老爷子是去黑王寨调研，黑王寨是整个市里最出名的贫困村，贫困户多，随着精准扶贫力度加大，加上黑王寨得天独厚的地理条件，一下子从过去的"背篓去，篮子来，有女不嫁黑王寨"，变成眼下美丽的休闲乡村，近水可数鱼，近木可遮阴，只有天籁之音而无车马喧嚣，只有花香沁脾而无雾霾困扰。

很多人慕名而来。

黑王寨就势办起农家乐，走在寨里，时不时飘出的红灯笼和酒旗，颇有点古诗中"千里莺啼绿映红，水村山郭酒旗风"的意境。

美丽乡村建设需要持续性经济发展做支撑，人大代表助力精准扶贫，更是令老爷子前往黑王寨调研的最大动力，周志山决定下乡驻队时，老爷子告诫再三，一定要着力解决贫困户"八难"、让贫困村实现"八有"。

"八难"是指贫困户稳定增收难、便捷出行难、安全饮水难、住房改造难、素质提升难、看病就医难、子女上学难、公共服务难。

"八有"则是要求每个贫困村有一个特色主导产业；有一条硬（油）化村社公路；有一个便民服务中心；有一套落实社保政策到户的具体措施；有一个整洁的村容村貌；有一个坚强有力的村级班子；有一支稳定的驻村工作队；有一个有效的结对帮扶机制。

驻村几年，周志山扶贫成绩可谓有目共睹。经乡里市里验收，黑王寨贫困村帽子摘了，贫困户也消灭了。

都成了市里脱贫致富典型,老爷子心里还是不踏实。

他得亲自审查调研,才能给女婿的工作下定论。

捏着鼻子糊眼睛的事,尽管少了,却不是没有。

尤其是验收组都知道周志山是自己女婿,极有可能在检查中走过场。老爷子是常在河边走,从来不湿鞋的狠角色。威望极高,哪怕到了人大,说出来的话,依然相当有分量。

周志山和村主任陈六为带老爷子去哪里调研,产生了分歧。

到时三那儿看孔雀养殖、孔雀开屏,彩头好!

你当老爷子没见过孔雀开屏?

那,看大春的彩瓦厂?这是咱黑王寨本土企业。

彩瓦厂从长远来看,可持续发展的空间不大。

总不能带老爷子去那些不成看相的地方吧!陈六有点泄劲,乡下人的待客礼数,是尽着最好的东西让客人看,给客人吃。

周志山的架势,是把这些好东西藏着掖着。

你说对了!周志山使劲一拍陈六肩膀,有丑遮不住,有穷瞒不到。

丑,穷?

周志山把眼光投向北坡崖上的天坑。

天坑除了百多亩桑树,啥也没有,黑王寨没养蚕的传统啊。

养蚕?周志山还真是把老爷子当蚕,来黑王寨吐丝的。

老爷子但凡不张口,吐出来的都是金丝。

当天坑那成片的桑树林呈现在老爷子眼前时,老爷子连连惊呼,世外桃源啊,这是!

是桃源,但不在世外!这可是人家春分特意种植的。

说说看,她有什么打算?

难不成真想养蚕?一群人在老爷子身边七嘴八舌议论。真养蚕,这规模太小,再说中国的蚕丝市场集中在江南。

越俎代庖的事周志山不干,春分这时就上了台面。

天不生绝人之路,地不长无名之草。栽这么多桑树,春分肯定有她的名堂。

春分说我是这么想的,黑王寨眼下农家乐饭店有了,采摘园也有,寨子下边河里垂钓中心也有了样。

黑王寨还什么没有呢?

春分不直接回答,这些现有的都不成体系,属于散兵游勇,想要真正留住客人,我认为底气不够。

说说你的底气!老爷子来了兴致。

我的底气,春分冲老爷子吐下舌头,都在胸前藏着呢。

藏着干吗,你晒出来大家瞅瞅!老爷子玩微信,嘴里的话与时俱进。

春分真的把手伸进胸前,掏,从怀里掏出样东西,展开,晒在大家眼前。

是一张生态产业园效果图。

名字很大气,春葚农业科技有限公司。

我想成立一个集桑葚种植、研发、产品深加工、销售以及旅游观光、就餐娱乐、自助烧烤、儿童乐园、亲子种植、垂钓、桑葚自助采摘于一体的生态产业园。

生态产业园,想法不错!老爷子对照着图纸和眼前的天坑。

春分在一边比画着,喏,这儿,自助烧烤;那片水塘,垂钓;靠山边,亲子种植;桑树林中间,采摘。

这个点子好!老爷子冲村主任陈六说,得大力扶持。

陈六嘿嘿笑,我们怎么扶持都不如您一句话来得扎实。

老爷子看着周志山,这么有前景的产业园,让雅静入股啊。

周志山急得只摆手，不行的，得避嫌。

瞧你，多大的嫌要避，又不是投机倒把，又不是贪污挪用，这是投资。

话还没落地，春分接了嘴，投资倒是不用，我只需要政策上的帮扶。

政策帮扶没问题，随时找我，老爷子表态，需要我的地方，让志山带个信就行。

毋庸置疑，周志山回城，是给老爷子带信来了。

受春分委托。

春葚生态产业园，眼下如火如荼着。

真的开发成功了？那个春分？

当然啊，不然我敢回来劳烦老爷子大驾？

陈雅静说这个春分可惜生错了地方，要搁城里，我这位置就该她坐了。

周志山鼻子哧出一股气体来，瞧你说的，咋叫生错地方，乡村振兴这片天地大有作为的。

能多大作为，没听说大鹏展翅恨天低！陈雅静不屑。

我还听说深山飞出金凤凰呢！呼哒呼哒，周志山学着凤凰展翅的动作，从背后抄出一个包装盒，看这个。

一盒包装很精美的桑葚酒。

春分做的？陈雅静有点不信。

生态产业园，只要有钱，在黑王寨，谁都可以做起来，但把果实做成酒，那就是深加工了，科技含量很高。

一般乡下妇女，真没这个见识。周志山直接让陈雅静长了见识。

知道吗，桑葚酒是一种新兴的果酒，它是水果酒之中的极品，具有滋补、养身及补血之功效。饮用后，不但可以改善女性手脚冰冷的毛病，更有补血、强身、益肝、补肾、明目等功效。

听你这口气，好像为我量身打造的！陈雅静乐。

必须为媳妇打造啊，听着，这桑葚酒早晚饮用效果更佳。能让你喝出品味，喝出健康，喝出迷人丰采。

哈哈哈……陈雅静笑，周志山你这会儿风采倒是非常迷人。

我，迷人吗？

想要我迷惑老爷子出马，带人到你们黑王寨给这个桑葚酒做宣传吧。

被陈雅静看穿自己把戏，周志山脸涨红了，老爷子当着春分表的态，我推不掉啊。

这么好的酒，市场应该很走俏！陈雅静不解，指望老爷子能有什么好招。

酒香也怕巷子深，你懂的，这酒的宣传力度跟不上。

请明星来代言！

那得多高代价，人家春分的酒都还没盈利。

电视台打广告也行啊，这个成本低！

现在谁还看电视？周志山一语惊醒陈雅静。

如今报纸电视都被手机上的各种新媒体给冲击得没了立足之地。

要不，借助手机做活动？陈雅静眼珠子一亮，以产品做奖品，我在企业家微信公众号上推，不花钱，照样可以家喻户晓。

太迎合春分的想法了，巧妇难为无米之炊的她，就是想花最少的钱，把活动做出最大的响动。

天底下哪有这种好事,有还等轮到她名下?陈雅静给周志山泼冷水。

她想搞个万元征集广告词的活动,颁奖当天,请老爷子带一帮书法家现场挥毫泼墨,凡是广告词入围的参赛者,一人一件桑葚酒。

老爷子兼着县老年书画家协会名誉会长。

等着,陈雅静是何等聪明之人,立马追问周志山,你们是不是把广告词都给拟好了,到时安排人参赛,奖金都不用发?

有多少米做多少人的饭,不这样,春分下一步更难以迈开!周志山被看穿老底,脸上窘得不行。

陈雅静沉思了一下,这么的,要是真的有比你们广告词好的,岂不是明珠暗投了?

没办法,一万元,对春分现在来说,得好钢用在刀刃上。

真有好的广告词,钱我出!陈雅静表态,不能欺负消费者,这是生意场上大忌。

那当然好!周志山说,可咱家钱就这么白扔水里?

我说白扔了吗?陈雅静点了周志山一额头,还晓得顾家啊你。

周志山嘿嘿笑。

但有一宗话我说前头,陈雅静说你别忙着先乐。

什么话?

这个桑葚酒的代理权我必须优先,否则,老爷子的工作你自己卖脸去做。

春分眼下,正愁找不到好的代理商呢。

何况陈雅静还出广告词的钱,于情于理春分都不会拒绝。

周志山大手一挥,春分这个家我当了。

陈雅静摇头，你还真的把黑王寨当婆家了，什么家都敢当，代理权呢，你问好了春分再给我答复。

老爷子那儿的答复，陈雅静不需要卖脸，她卖个萌就足够。

瞧见没？桑葚酒！

哪儿来的好东西？还没等陈雅静学周志山样呼哒呼哒，老爷子眼睛已经睁圆了，跟着嗓门变得中气十足，老婆子，跟我整一杯尝个鲜。

老爷子三高，酒，有日子没碰了。

馋得不行了都，再戒下去，就是戒命。

一杯桑葚酒下喉，老爷子眯着眼睛，周志山又想什么歪点子了？

陈雅静假装惊奇，爸爸你太神了，这都猜得出？我得给你手动点赞！

哼哼，就你，无利会早起？还跑到娘家来，肯定是周志山背后唆使的。

啧啧，难怪说嫁出去的姑娘泼出去的水，陈雅静噘着嘴巴，晓得是周志山唆使的你还向着他。

养姑娘不如养女婿呗！老太太插话，女婿名下当然是有求必应。

偏不帮他求！

我求你行不行？老爷子咂巴着舌头，说吧，他碰见什么难题了？

哪有地反过来当天的！陈雅静不解。

你不懂，这娘家的饭香，婆家的饭长，老太太叹口气，你爸爸求你，还不是指望你在婆家把口饭吃得长长久久和和美美的。

婆家的饭长

养儿一百岁,长忧九十九,陈雅静没了话。

春分面前,陈雅静有话要说,我不是全权代理你的酒。

陈雅静自己有公司,规模还很大,全权代理酒,能多大利润。

春分说那你代理啥?

代理商业模式!我是借你这酒做一个营销上的探索。

商业模式?营销探索?春分一怔,和陈六同时看向周志山。

虽说是夫妻,生意场上的事,周志山到底外行,陈雅静你别搞那种人家堂屋里好坐客的把戏,春分这边亏不起的。

亏什么啊!陈雅静笑,她是最大赢家。

最大赢家?

见大家都一副百思不得其解的神情,陈雅静掏出手机,你们天天机不离身,知道手机上刷屏最多的都是什么人?

微商呗!这点上三人回答一致。

差不多每个人的微信好友中,都有不下几十个微商不间断刷屏。陈雅静补充。

春分是那种一点就透的人,尤其女人和老人,对微商最为热衷,女人热衷卖美容品,老人热心推销保健品。

你们注意到没,微商做的其实就是分销。陈雅静停下来,喝口桑葚茶,就拿面膜来说,早先女孩是一周做一两次,现在变成一天做两次,从周一到周末各一次到早晚各一次,显然是生产商在创造新概念。

你意思是咱们桑葚酒也可以创造新概念,从中国人饮酒习惯的每晚一杯,变成早中晚各一杯,既满足口舌之欲,还健康长寿?春分脑子转弯快。

可不是嘛！周志山一拍大腿，小品《不差钱》里有这么一段经典的台词相信大家都记得，你知道人生最痛苦的事情是什么吗？人死了，钱没花完！

那你知道人生最最痛苦的事情是什么吗？人还活着，钱没了！这一次，陈六倒是把话接得快。

所以，我要的代理权，跟你们想象的代理权，不冲突，但又不一样。

陈雅静说完，看着春分。

春分咬着嘴唇，想了想，点头。

成交！

这种合作方式春分无疑是最大赢家，在桑葚酒销售这块，简直可以当甩手掌柜。

陈雅静更不会是输家，作为一个成熟的企业家，挣多少钱意义不大，企业能够可持续发展，以何种形式在瞬间万变的市场上立于不败之地，才是她的终极目标。

春分的桑葚酒，走微商线上分销之路，对陈雅静是一个挑战。

线下的传统销售，春分自有路子，陈雅静压根不打算涉足。

先说正事，书写广告词的事，老爷子满口答应了，颁奖那天全县知名书法家悉数到场，电视台也会来人，陈雅静看着春分，就看你舍不舍得酒了，书法家润笔费是一人一件桑葚酒，这个家我可以当吧？

春分抓着陈雅静胳膊直摇，这还需要商量，打我脸啊。

当天晚上，陈雅静在企业家协会的公众号上发出一条醒目推送——奖你没商量！

为弘扬黑王寨春葚农业科技有限公司浓厚的文化内涵，为开拓桑葚酒业大市场和大发展凝聚强大精神动力，即日起特面向社会征集广告语。广告语体裁不限、字数不限，一经采用，给予奖励。

奖项设置如下：

入选奖一名，现金 10000 元，桑葚酒一件。

入围奖二十名，桑葚酒一件。

配图下面是公司简介。

春葚农业科技产业园的全景图，分明就是一个世外桃源。

最后才是桑葚酒的功能介绍。

桑葚酒具有免疫促进作用，不单适合爱酒男士，女士同样适用，因为它能够滋阴养血、生津润燥，兼具美容养颜、补充营养、亮发明目等功效。

万元大奖大家倒是不曾动心，毕竟入选的广告词只一条，但入围的奖品，谁都可以觊觎一下，最吸引人的，是春葚产业园赠送的一个小福利，但凡参赛作者，都有机会被邀请参加颁奖典礼，现场观摩书法家挥毫泼墨，免费品尝桑葚酒。

一时间，小城差不多的公众号都做了转发，转发积赞到了八十八个，等于拿到入场券。

这是另外一个福利。

随着广告词的征集热不断升温、扩散，陈雅静的微商代理也正式铺开，天南地北的朋友，都纷纷找陈雅静下单。

周志山乐了，说多接单，春分这回得大发。

陈雅静不急，你转告春分，线上绕过我找她下的单，一个都不许接。

有钱赚干吗不许接单？你这做的哪门子生意，让春分还活不活？

你不懂，陈雅静解释，微商都有囤货的喜好，我们大张旗鼓征集广告词是为什么？为的是桑葚酒走入寻常百姓家。

周志山一怔，这里面有啥讲究？

讲究大着呢，陈雅静说我要的是货物走向市场，不是走向仓库，得有紧俏感。

饥饿营销？

对，不能给一次喂饱，再说春分现在的桑葚酒产量也有限。

细水才能长流！周志山赞许地看了陈雅静一眼。

响鼓需要重槌敲。

桑葚酒广告词颁奖前一天，周志山又一次回到城里的家。

那天是腊月初七。

还是一碗三鲜粉，周志山吃得闷声不响的。

黄河水干了？周志山难得吃相斯文一回，陈雅静反而不习惯。

我是怕婆家的饭吃不长呢！周志山皱眉，明天的颁奖会要玩砸了，我这个精准扶贫组长是没脸在黑王寨待的。

陈雅静用手撑着下巴，看得周志山心里发毛。

你这是要吃人？

吃人，我看你是吃定我们爷俩了，苦肉计玩得很到位啊！

什么苦肉计，这是本色演出！

我再帮你稳一下老爷子就是。

陈雅静的稳，带着某种诱惑。

桑葚酒一亮眼，老爷子那句拿酒杯来还没出口，陈雅静把酒往身后一藏，吃人嘴短，爸爸你别净想着白吃白喝。

老爷子咂嘴，对老太太说，瞧你养的姑娘。

我养的姑娘怎么了,坚持原则是好事。老太太帮着陈雅静敲打老爷子。

我就不坚持原则了?老爷子气哼哼站起来,到书房取出一张纸,你看看,明天现场挥毫泼墨的名单。

陈雅静一看,不单有书法家名单,连互动环节都设计好了。

姜是老的辣,果然是放之四海而皆准的真理。老爷子什么阵仗没见过。

评选广告语时,周志山、陈六和春分,与陈雅静这边产生了点小小的分歧,他们原定入选的"游春葚产业园,喝健康桑葚酒"被一帮子书法家给撤了。这点上,书法家是有发言权的,老书法家差不多都是半个诗词家。

自古以来,诗书画相通。

陈雅静说,把所有参赛作品拿出来,请老先生们过目,以免有遗珠之憾。

周志山冲陈雅静眨眼,让她不要节外生枝。

陈雅静晓得他意思,说你啊你,到黑王寨几年别的没学到,倒把过小日子的算盘打会了。

一头牛都买了,还给不起买牛绳的钱?

买牛绳的钱,砸锅卖铁也得出,要强的春分刚要张口,陈雅静伸手拦住,这事跟你没关系,我跟周志山有言在先的,牛绳钱,我出!

世界长寿乡,养生春葚酒。

这句征文从一大堆广告词中脱颖而出,老爷子沉吟再三,这个广告词好!

好的广告词,自然是一字千金。

一帮子书法家纷纷认同。

他们这个小城，可是被联合国认定的世界长寿之乡。

陈雅静拍出一万元，说这一万，算我给桑葚酒颁奖送的贺礼。

黑王寨规矩，贺礼必须得收。

春分眼圈一红，陈雅静这是给她长脸呢。

春葚产业园才起步，资金紧张是人所共知的。

入选的广告词有了，老爷子兴致大发，对书法家里最高寿的彭老说，要不你给春葚酒当代言人吧。

彭老不知道是不是沾了那个老祖宗彭祖的光，九十岁的人了，长须飘飘，步履矫健，可以站着书写两个小时，腰不痛，手不僵，腿不软。

小县城能被评上世界长寿之乡，黑王寨功不可没，单单一个黑王寨，百岁老人就有三个之多，八九十岁的老人近二十个。

一切就绪，电视台的新闻记者开通了云上直播。

陈雅静客串了一把主持。

来自县城书法界的大家们，不少人曾在国内书法大赛中获奖，有的早已成名成家。他们还别出新意，带来两名十二三岁的女孩，别看她俩年龄大不，却也练习书法四五年，擅长楷、行、魏、隶等字体，颇见功力！

直播开始，春葚产业园的负责人春分在镜头前侃侃而谈，之所以定在腊八节这天揭晓并现场书写获奖广告词，是想用这一特殊的形式，作为"腊八节"的盛宴，一来祝福黑王寨的父老乡亲们，愿大家在这辞旧迎新的时节，身心健康，阖家幸福！

二来呢，黑王寨有句老话，吃了腊八饭，就把年来办！

颁奖结束的宴会上，陈雅静破天荒地，把个桑葚酒喝得滋滋作响，面如桃花。

轮到周志山取笑她，咋的，黄河水要决堤了？

才不是！陈雅静仰着白里透红的脸蛋。

那你吃得这么凶干吗？

婆家的饭香呗！

不对，雅静你喝多了吧，是婆家的饭长！

婆家的饭不香，又怎么吃得长？春分和陈六端着酒过来，说我们一起去敬一下老爷子吧，没有老爷子带来的娘家好政策，哪来婆家的饭香饭长。

黑王寨风情

五不起房

　　周志山摇响大门上的破铜铃时,瞎子老五刚摸索着洗完脸,抓了竹竿要出门。

　　瞎子老五给自己装个破铜铃,为的是别人来了,找他时好摇响了报个音信。

　　不是真的指望有谁来串门,他给人算命时说过,马上铜铃摇响,亲戚有来往;马上铜铃破,亲戚无半个。

　　一个孤老,吃政府低保,鬼毛都没半个登门,别说亲戚了。周志山身为驻村工作组长,却是第三次摇响他的门铃。

　　有事？瞎子老五探出的竹竿收回来。黑王寨规矩,进门就是客,穷不打紧,礼数不能穷,一碗凉茶总归得奉上。

　　喝了凉茶,周志山话就热热地说出来,五先生,麻烦您给定个日子,寨子里打算盖农家乐,把集体经济搞上去。

　　你们城里人信这个？

　　盖房子是百年大计,得信。

　　瞎子老五就坐下来,伸出指头,很认真地掐算。

　　一番推算后,周志山往瞎子老五手里塞个红包,五先生您别嫌少。

　　瞎子老五不嫌钱少,他嫌自己话少,赶在周志山背后叮嘱,记住了,五不起房!

　　五不起房？周志山没多问,他来找瞎子老五看日子,一来是走过场,二来让瞎子老五多笔收入。

　　见了村主任陈六,周志山忍不住把瞎子老五的叮嘱当笑话讲,五不起房,什么意思啊？

陈六使劲晃脑袋，哎呀，我咋把这茬给忘了？黑王寨流传千年的老话，五不起房，六不迁居，七不出门，八不归家。

咋还牵扯这么多？周志山打了个愣怔，都有什么讲究？

"五不起房"意思就是五月份不要盖房子。陈六解释说，五月的天气刚刚开始炎热干燥，施工的话会一直拖到三伏天，这是其一；其次，五月正是害虫繁衍的季节，害虫藏到墙体内，对房子质量有影响；最后吧，五月份雨水多，对施工造成诸多不便，容易延误工期。

眼下正五月头，周志山乐了，陈六啊陈六，亏你当这么多年村主任，每次出门考察都不知你在干些啥。

学习别人搞美丽乡村建设啊！

那你说说看，哪次出门考察，没见过人家搞建设的场景？

这倒是，每次考察，陈六眼见的都是热火朝天的美丽乡村建设场景。

就黑王寨人晓得五不起房？

也是，咋都不遵古训过日子呢？

咋就不能与时俱进呢？周志山说，如今建房子都是机械化，投入现代化手段，别说区区一个农家乐，就是一栋大别墅，建成最多个把月的事，想进入三伏天，那是望天打胡说。至于害虫，钢筋水泥呢，害虫有生存空间？

盖这个七仙居农家乐，可是周志山和陈六一班村委谋划好久，才找到的适合黑王寨美丽乡村建设的发展空间。乡村旅游在黑王寨是新生事物，所有配套设施都跟不上，农家乐倒是开了几家，接待一下本地客人勉强能行，外地游客想要住下来，这里就没了接待能力，还得开车往返县城。

黑王寨有七棵千年对节白蜡树，按北斗七星自然排列，周志山带着村委会多方筹资，决定在黑王寨办一个像样的民宿客栈，名字就叫七仙居！

可别小看了这七仙居的规划，它兼具观赏、休闲功能，有绿野仙踪可寻，有民间传说可探，在这种地方吃饭，完美地诠释了什么是秀色可餐。

仅仅对节树景观带，过于单一，是留不住客人的。七仙居规划图是以对节树王为核心，以景布景，辟建一处约千平方米的人工小景园，包房、客房坐落其间。古树东北侧正好有一水池，水池周边用形态各异的大石头块围绕，呈不规则形，池中水从较远处的黑王泉导引至暗沟汇流而成，喜水可是孩子们的天性。古树正北侧有一处明清古宅遗址，石砖、石墩、基石条等历历在目，对喜欢玩穿越的年轻人来说，无疑极具吸引力。

眼下自驾游的主力，可不正是带孩子的年轻夫妻？

五不起房，等秋天起房，黄花菜都凉了。

起！陈六的手掌跟周志山的手掌拍在了一起。

芒种这天早上，有雨，瞎子老五本想睡个懒觉，偏偏门被捶得嘭嘭作响。

开门，我，陈六！瞎子老五还没开口问呢，叫声已经从门缝钻进来。

马上马上！瞎子老五应了声。

行啊老五，算准了我要来，在家候着？

骂谁是昆虫呢？瞎子老五不乐意了，芒种有三候：一候螳螂出，二候伯劳枝头鸣，三候反舌无声！

这三候，黑王寨上点年纪知点农事的人都晓得。在芒种这个节气里，螳螂前一年深秋产的卵因感受阴气初生而破壳生出的小螳螂钻出土来；喜阴的伯劳鸟开始在枝头出现，并且感阴而鸣；与此相反，能够学习其他鸟鸣的反舌鸟，却因感到阴气的出现而停止了鸣叫。

芒种这天瞎子老五原本啥也不候的，是雨把他的脚步给绊住了候在家。

陈六很开心，老五你这回玩不了反舌无声吧？

我玩反舌无声？

你不是叮嘱周组长五不起房吗？人家不单起了，还在六月前进行了迁居，这不，专门请你去温锅呢，看你还有什么话说。

得到邀请去温锅的，除了瞎子老五，黑王寨八十岁以上的人都在。温锅仪式开始，瞎子老五深陷的眼窝里滚出泪花，我老五算了一辈子命，没算出今天周组长不光给我们这帮八十岁的人留了饭，还给我们九十岁的人留了上座。

七仙居呢，这可是！

六不迁居

冷三九，热三伏！没吃过肥猪肉总见过肥猪跑吧，陈六冲时三嚷嚷着，别口袋里有了几个钱就学鸡叫。

时三养鸡场扩建，需要把旧场的东西先搬迁，包括还没有卖出去的几千只鸡。

鸡叫还用我学？现成的！时三随口打个呼哨，所有鸡听见指令似的，仰起脖子，拍打着翅膀，扯开嗓子，此起彼伏地叫。

不听老人言，吃亏在眼前，时三你别怪我没有提醒你！陈六口气悻悻的。

在黑王寨，真正配得上老人言这一说的，是四姑婆。

四姑婆年岁摆在那儿，寨子里但凡有陈六拿不定的事，四姑婆就会出面帮陈六敲边鼓。

都是行善积德的事,四姑婆乐意给陈六"擦屁股"。

时三不领陈六的情,你是不是担心我在搬迁过程中,鸡死光了,给寨子的养殖事业带来损失?

陈六一蹦老高,这么犯忌讳的话,你都敢出口!

四姑婆说了的,我这叫童言无忌!时三嬉皮笑脸回过来一句。

你到四姑婆那儿去过?陈六一怔,在四姑婆面前,时三从来都是孩童般顽皮。

请四姑婆看日子给鸡搬家啊,时三递过来一根烟,这么大的阵仗,不能弄得鸡飞狗跳吧。

轮到陈六鸡飞狗跳起来,这四姑婆,是不是老糊涂了?六月不搬家,她当你时三真的得了道,鸡犬跟着一起升天,不怕酷暑了。

古时候,搬家是大事,路程稍微远一点,人都扛不住,鸡和猪更容易得病,尤其是六月三伏天,不死也得脱层皮,所以没人在六月天搬迁。

得找四姑婆问个究竟。

时三当然没得道,可不妨碍他的鸡得道啊!四姑婆看陈六跑得急火攻心,心疼地递上一碗茶。

鸡得啥道?陈六咕嘟咕嘟灌下那碗茶,冰爽归冰爽,心里头疑惑还在。

搁过去,这么冰爽的凉茶你喝得着?四姑婆来了个答非所问。

喝不着!陈六实话实说。

这日子神仙也羡慕三分吧!四姑婆循循诱导。

越扯越远了。眼下是神仙都难给时三做担保。

陈六把话往回拽，四姑婆你得把时三给拦住，这么热的天，硬是要把养鸡场的鸡搬迁出去。

不搬迁出去他扩建不了养鸡场，扩建不了养鸡场就赶不上养下一批秋鸡崽，这是好事啊。

好事？我看是捡了芝麻丢西瓜，现成的鸡都顾不上死活，秋天的鸡崽只怕是未知。

怎么叫不顾死活了？

六不迁居，您不会没听说过吧？

怎么没听说过！四姑婆作势要敲陈六的脑袋，当我烧香烧昏了头，把老祖宗的遗训都忘了？

那您还鼓动时三给鸡搬家？眼下不正是六月吗？您不会把阳历阴历给弄混了吧！

不是你四姑婆吹嘴，阴历阳历我老婆子闭着眼睛都晓得一清二楚。陈六，不是我说你，年纪轻轻咋活在老皇历中？

老皇历，什么意思？陈六被四姑婆给弄得彻底昏了头。

咱们寨子里出去的牛二你还记得不？

当然记得。陈六还鼓动牛二在寨子里办了个新型养猪场，专门用山泉水和野菜喂养特色跑山猪。

要说那些跑山猪，比天蓬元帅猪八戒都幸福，春秋季在山上吃了睡睡了吃，冬夏天睡猪圈里吹着空调，冷不着热不着。这些小日子过得滋润、自由散漫的猪，肉特嫩，入口正，吃一块，能让人唇齿留香。

猪都吹上空调了，你还担心鸡在搬迁路上出问题？四姑婆一语道破天机。

时三那货车驾驶室是有空调，可没听说他在车厢装了空调啊。

瞧你，咋就只晓得盯着脚尖处过日子？四姑婆轻轻拍一下陈六的肩，我给闺女大凤打电话了，她在省电视台上班，路子广，找一辆带空调的大货车不是难事。

对啊！陈六不好意思地挠着头，眼下搬家公司到处都是，找一个给鸡搬家的队伍，应该不难。

岂止不难，咱们黑王寨马上就有了！四姑婆笑笑。

您的意思是时三起了这个心？陈六这次一猜就准。

他可是最有鸡毛心的人了。

鸡鸭鹅家禽调运，这个市场肯定有前景。

果不其然，陈六再气喘吁吁赶到北坡崖给时三帮忙时，时三正拿着手机对前来搬运鸡的车辆拍摄个不停。

搬迁的人很奇怪，说你怕鸡丢了还是咋的？到地方给你点数就是，这么拍摄，能数得清一二三四来？

时三心里装的何止一二三四？他恐怕连五六七八都算计上了！陈六在心里悄悄嘀咕，五不起房，六不迁居，七不出门，八不归家，这些老古话，只怕要不了多久，都该退出历史舞台了。

人　日

时三买了煎饼回来，把个皮卡车的笛声鸣得在整个北坡崖上回荡，也没看见六姑把煮好的七宝羹端出来。

煎饼还热乎着，时三嘴里的话不热乎，六姑你大清早野哪儿去了？

才正月初七，时三忌讳着，那个"死哪儿去"换成了"野哪儿去"了。

　　六姑还真不在屋子里。时三就围着养鸡场转，自打寨子里精准扶贫工作组帮他建起这个养鸡场后，他的憨婆娘六姑就没下过北坡崖。

　　本来今天给镇上开业的两家酒店送鸡，时三要拉上六姑的，六姑不放心鸡，怕黄鼠狼来给鸡拜年。

　　时三说，有狗呢。

　　六姑说，人晓得过年，狗就不想过年？话虽憨，时三却找不出反驳的话。

　　果然就看见六姑在给鸡喂食。

　　鸡又不晓得喊饿，时三没好气，说，你七宝羹煮好没？我饿了！

　　六姑说，没呢，你先把牛牵出来饮水去。

　　那你快点啊，煎饼冷了不能入口的！时三没好气地吼一声，去牵牛。

　　牛是工作组的周志山给他找的附带试养项目，反正北坡崖上草木丰茂，还有三只羊，这是时三自己的想法，适合养羊就扩大羊的养殖规模，适合养牛就多买几头牛。

　　牛羊伺候好了，六姑的七宝羹还是没影子的事。

　　时三就去拿煎饼打算点补一下，反正年下肚子油水大，扛得住。

　　偏生煎饼不见了，装煎饼的纸袋在看家狗大黄的狗屋边。

　　大黄的嘴巴，这会儿油汪汪的。

　　六姑你真是憨得要死啊，今天什么日子知道吗？时三一生气，就忍不住把"死"字挂嘴边骂人。

　　六姑从厨房钻出来，什么日子？

人日啊，人日你晓得不？

人日？六姑愣怔了一下，想起来了，嗯，是今天。

传说女娲娘娘抟土造人，前六天造出了鸡、狗、猪、羊、牛、马等动物，第七天造出人来。

难怪你要我煮七宝羹的！六姑恍然大悟，人日这天吃摊煎饼和七宝羹是黑王寨流传很多年的风俗。

时三气鼓鼓的，吃个屎，煎饼都跑狗肚子了！

六姑说怪我，初一应该到四姑婆家升起炷香的！一般这种事，四姑婆会提前跟六姑叮嘱了又叮嘱的，六姑憨，在黑王寨尽人皆知。

你就是不升香，四姑婆也不会忘了来叮嘱你！一个声音响起来，是四姑爷。

四姑爷指着时三训了句，亏你还知道人日。

时三一怔，四姑爷您这话什么意思？

六姑可是比你知事多了，四姑爷说，什么意思你想啊，女娲娘娘最先造出的是什么？

鸡狗猪羊牛马啊！时三顺嘴溜出。

那不就对了？六姑先想着它们，多符合菩萨旨意，古代相传可是农历正月初一为鸡日，初二为狗日，初三为猪日，初四为羊日，初五为牛日，初六为马日，初七为人日的。

还有这一说？

当然有，四姑爷笑，是人太看重自己，才忘了根本。

听到"根本"二字，时三心头一震。年前，扶贫工作组的周志山看他鸡场办得很红火，要他成立合作社带动几个养鸡户被他拒绝的事顿时浮现在眼前。

六姑你记得啊，今天再忙，也要给时三煮一碗拉魂面，四姑婆专门要我过来叮嘱你这个的。

时三好吃懒做，四姑婆怕他过年时走东串西，心玩野了，把红红火火的鸡场全丢到六姑一个人身上。人日一过，该准备春耕生产了。黑王寨人讲究吃了拉魂面，把心收回来，人欢马叫闹春耕。

真正的人欢马叫是在下午，时三居然叫六姑煮了一锅拉魂面。

年前几个想跟时三养鸡的人家全被请到北坡崖，连黑王寨下河边的大老史都被请来了，是六姑的主意。河边怎么养鸡？时三很是不解。

河边可以养鸭啊！六姑说，黑王寨这地方不适合养马，咱们换成鸭。

非得把六畜养全了？时三说。

我想了的，我们这个合作社就叫人日合作社，六姑一字一板地说，没有女娲娘娘先前造出的六畜，哪有后来的人类呢？

人日合作社，六姑你不憨啊！

六姑破天荒地白了时三一眼，先前憨，那不是没钱没门路吗？

现在呢？时三逗六姑。

现在有了钱有了门路，还有了政策，再憨，那就是典型的好吃懒做了。六姑反过来将了时三一军。

时三知道，六姑怕他手里有了闲钱，再生出闲心，想过那种饱暖思淫欲的懒散日子呢。

时三挑起一筷子拉魂面，张开嘴巴，说六姑你看我怎么把魂拉回来，保证拉得跟你一条心。

吃了面，时三说六姑你低下头来。六姑顺从地低下头，时三从裤兜里掏出一个镂金的花朵,很温柔地插在六姑头上。

人日,还该给自己婆娘戴人胜的!这是四姑爷临走时悄悄塞给时三的。

槽头肉

陈六在微信群里再三再四说,家里有大学生的注意了,把表填一下!

什么表?时三眼下虽然把养殖做得红红火火,可年轻时做贼的鸡毛心还在,大事小事都容易上了心惦记,家里没大学生的他第一个打开表,是上面摸底掌握农村大学生培养和发挥作用情况。

事不关己的时三就没在群里吭声。

春分的闺女正在念大学,要说吭声早了点,但春分是个干什么都图早不图晚的人,要不然她的厂子不会那么抢占市场先机。

春分就发了声,主任啊,上面是不是要给黑王寨配大学生村官了?

前段时间春分看本地"两会"报道,说一村一个大学生村官,一村一个大学生村医,在乡村振兴大业中必不可少。

陈六弹出一个苦笑的表情,大学生村医黑王寨不缺,大春干得像模像样。大学生村官,就难于上青天了,倒是有人考了来,可待不上半年,都卷起铺盖走人,一句话,受不了这清静。

确切说,是死寂。

眼下,黑王寨有点起色了,随着乡村旅游升温,加上驻村工作组组长周志山多方努力,黑王寨被开发打造成全国古村落山寨，全省最美乡村，应该说，留个大学生当村官，不难了。

陈六自己都奔六的人，该享清福了。

填表的村民多，对大学生村官感兴趣的少。黑王寨老话，村干部，芝麻大的官，露水大的前程，谁个耐烦干？再者，村干部不好当，眼睛一睁，都乡里乡亲的，容易得罪人。

贵堂就在群里开玩笑，要我说陈六，让你家开平回来接你手，最好不过了。

陈六还没来得及回应，他婆娘大枝开骂了，贵堂你要死啊，出这么个馊主意，你们一天到晚在外面打小工，挣闲钱，吃香的喝辣的，把个槽头肉塞给我家陈六就罢了，凭啥还拉扯开平回来吃？黑王寨梦不能单单把我们家搁梦外头吧……

黑王寨梦，是陈六自己琢磨出来的，就是一句顺口溜："农田收入保平常，苗木收入存银行，务工收入奔小康，特色收入圆梦想。"

大枝是眼气别人都有务工收入，时三、春分等好几个村民还有特色收入，他家除了农田收入，就陈六那点死工资了。

死工资，在如今不是槽头肉是啥？黑王寨人都晓得一句老话，割肉不割槽头肉。

槽头肉有的地方也叫刀口肉，就是猪脖子放血的位置，猪吃食时长期搁猪槽上，那是猪身上最差的肉、淋巴细胞的汇集地，人吃进去不利于健康。

陈六见大枝把话说得太没觉悟，赶紧打断说，你当村主任能世袭啊？

时三乐了，不瞒你说，我们还真的希望村主任就你们家买断了，让开平接手。

春分在群里起哄，要不我们举手表决，同意的点赞。

话音刚落，点赞声一片。

全票通过，居然。

陈六眼睛酸酸的，大枝黑着脸，告诉你，别打开平主意，我还指望他在深圳站住脚，到时看世界之窗去的。

你以为就你一人想看世界之窗？亏你当那么多年村干部家属，一点境界都没有。

你有境界，你让我去看啊！大枝不松口。

那你说，是开平带全寨子人去看世界之窗好呢，还是只带你一人去好？

当然全寨子人去好！大枝爱热闹，有次跟陈六出门旅游，眼睛一睁，没半个熟人，憋惨了，旅游一圈回来人瘦得脱了相。

你不想咱们黑王寨在全市乡村振兴中也瘦得脱了相吧？

大枝肯定不想，那种日子，该多憋屈。

你笃定开平能把村官当好？

只要用心，只要对这片土地有感情，咋不能？

就为一块槽头肉，您让我从深圳隔山隔水飞回来？开平坐在陈六面前，语气中诸多不满。出去见了几年世面，他确实对村主任这职位看不上眼。

槽头肉？你吃过真正的槽头肉？

那种肉，谁吃啊！

陈六摇头，是时候让你转变一下观念了，咱们今天就吃回槽头肉，但你记住一点，吃就吃了，别嘴巴不关风。

一个槽头肉能吃出金还是吃出银来，还怕自己嘴巴不关风！开平冷笑，在心里。

偏偏，陈六亲自下厨做出的槽头肉，让开平吃出了金也吃出了银，太好吃了，简直是金不换啊。

真是槽头肉做的？连大枝都不信，可厨房里除了槽头肉，还真不见别的半点荤腥。

陈六意味深长地看着开平，知道吗？猪身上最好的肉，大家都以为是里脊肉，一头肥猪身上里脊怎么也有两斤。可没人知道，猪的槽头肉里面，有一块雪花样的肉，有经验的屠夫管它叫"不见天"，这块肉总共不到一斤，传说中的"黄金六两"就是它。

什么叫物极必反？这就是！

开平一怔，您的意思是，乡村振兴工作做好了，就是"黄金六两"？

那当然，现在乡村迎来了发展契机，总书记都说了，要金山银山，更要绿水青山。

那我听您的，回来当村官。

错，村官不是你说当就当的，真当咱家买下了啊？群众呼声再高，也还得考。这不，上面有文件，吃完这槽头肉，你抓紧时间去报名。陈六口气很认真。

错，开平学着陈六的认真，这不是槽头肉，这叫黄金六两。

空壳鲫

割肉不割槽头肉，买鱼不买空壳鲫！时三说大老史你咋精明一世糊涂一时啊？

黑王寨任何人买空壳鲫，时三都不会提这个醒，唯独大老史，让时三操上了心。事出反常必有妖。

大老史是黑王寨最不缺鱼吃的人，他住寨下黑王河边，想吃什么鱼，往河边一站，什么鱼都能到锅里去。

与其说时三是在给大老史提醒，不如说是时三想探个究竟，大老史这人办事，时三一向估不透。

大老史是外来户。在黑王寨，这么不知根知底的人家，大老史是仅有。

大老史的耳朵，比黑王河的水还深，时三那么大的声音，他居然置若罔闻，开着电三轮，把乡里菜市场从头跑到尾，一会儿工夫，他三轮车上的大水箱里，就全是活蹦乱跳的空壳鲫了。

空壳鲫，就是那种二三两重的小鲫鱼，这种鱼，刺多肉少，吃起来容易卡喉咙，看着价格便宜，却没什么肉。

难不成大老史想玩新名堂？时三好奇心起，他养鸡，规模很大，知道现在鸡卖出去，被分门别类加工了出售，鸡爪、鸡翅、鸡脯、鸡大腿，连鸡肋都走俏得不行。

大老史在空壳鲫上做什么文章呢？

套不出大老史的话不要紧，时三长了眼睛会看，长了脑子会琢磨。

大老史干什么都不背人，他买了空壳鲫回寨子，把三轮车上的空壳鲫全部捞出来，倒进了黑王河。

放生？时三一怔，黑王寨有给神许愿放生的传统，多是甲鱼、乌龟，或者鲤鱼，没听说放生空壳鲫的。放生有讲究，起码得斤把重的鱼。

宁许人不许神，忽悠神仙，那可是要遭天谴的。

时三忍不住为大老史捏了一把汗。

那些空壳鲫哗啦进入河水，可欢快了。时三睁大眼睛，想看看有没有传说中的哪条鱼游回来冲大老史摇头摆尾谢恩，一条都没有，传说都是骗人的。

大老史意欲何为呢？时三怎么琢磨都想不透。

问，肯定问不出个所以然。时三就开了车快快地回寨子。

因为心不在焉，路上碰见熟人，时三都懒得摁喇叭打招呼。

这就让寨里人不快了。不快的还不是一般人，是村主任陈六。

陈六在寨子口，眼见着时三闷声不响地要把车开过去，脸上显山露水地表达出不满，陈六的手都拍上时三车窗了，时三才如梦方醒，赶紧踩刹车。

咋的，这腰包一鼓起来，连带眼睛都鼓起来了？陈六夹枪带棒揶揄时三，在黑王寨只有癞蛤蟆才鼓着眼睛看人。

时三年轻时手脚不干净，偷鸡摸狗，在很多人眼里可不就是癞蛤蟆一只？

陈六轻易不拿这话挤对时三。

时三就晓得自己犯了众怒，下了车，往寨子下面看，好几个人正气喘吁吁地爬上来。该骂，自己咋就忘了捎带人家几步路？

恶狠狠地甩自己一巴掌，时三嘻嘻笑，主任你别说，我今儿还真鼓着眼睛看了半天大老史，愣是没看出个所以然。

大老史脸上有花，让你时三鼓着眼睛看半天？陈六不信，他有啥好看的？

不是他，是空壳鲫！时三一急，话就颠三倒四，河里，大老史把空壳鲫倒河里。

买鱼不买空壳鲫，大老史背着石头上山啊，他河里少了空壳鲫？

所以啊，我寻思着大老史家是不是出什么大事了，不然用买那么多鱼放生还愿？

出事？这可不能马虎！陈六赶紧掏出手机，黑王寨谁家有个头疼脑热，都能牵扯到陈六的紧张神经。

电话打过去，大老史蒙了足足十秒钟，好端端的，主任你咋咒我家出事呢？

不出事你买那么多空壳鲫放生？

空壳鲫放生？大老史在那边突然笑了，这个你村主任心里最有数啊。

我最有数？轮到陈六蒙圈了。

你自己在微信群里发的内容，难道你没看？

陈六心说微信群我每天发的文件和通知多了，哪能样样细看？

话虽这么说，陈六还是赶紧打开微信群看他自己发布的文件和通知，到底让他找着了一个跟鱼有关的。

县政府关于本段水域实行全面禁捕禁钓的通告。

全面禁捕，跟放生空壳鲫有关联？陈六把通告递给时三看。

时三眼睛一眨，琢磨出来了，黑王河不是大老史一直承包着吗？这两年到黑王寨乡村一日游的游客越来越多，黑王寨能够满足游客吃农家乐、亲子采摘的需求，可对热爱垂钓的游客无法满足。寨子上面倒是有几口小池塘，可那些鱼都是观赏鱼，偶尔有鱼，都是家养的，垂钓，钓的是野趣。

据说城里人最喜欢钓的，恰好就是这种空壳鲫。买鱼不买空壳鲫，那是过去人穷，喜欢吃大鱼大肉，眼下日子好过，空壳鲫可受欢迎了，熬汤喝，味道特别鲜美。

城里一旦禁捕禁钓，黑王寨下的这条河，肯定成为城里人下乡钓鱼的首选。

莫不是，大老史要为黑王寨参评全省最美乡村，助上一臂之力？

开黑王寨参评全省美丽乡村动员会时，陈六曾感叹说，黑王河要是全面开放给人垂钓，肯定能为黑王寨经济发展迈上新台阶助力。

大老史倔，黑王河被他承包这么多年，一直不允许人钓鱼捕鱼，更不曾投肥喂养，真的是清凌凌的河水里倒映着蓝莹莹的天。

陈六甚至看见了，碧波粼粼的黑王河边，垂钓人欢呼雀跃的身影。

鞭 春

好男有毛不鞭春，周组长你不能这么促狭咱寨子的老少爷们！说话间陈六把裤管撸起来，展示那一腿浓密的汗毛给周志山看。

怎么就促狭寨子里老少爷们了？明明是大好事一件！开春，周志山巴心巴肝找了县里惠农合作社下乡，但凡愿意加入合作社的，免费送种子、生物肥，真正天上掉馅饼的事呢。

砸谁头上谁不乐呵啊？

偏偏村主任陈六黑起两块脸，给周志山来了个夹枪带棒。

周志山驻黑王寨工作组有日子了，晓得这话里枪也好棒也罢，都不是刻意针对他的，就耐着性子等陈六解释。

陈六不做正面回复，说鞭春是个啥讲究周组长你晓得不？

周志山摇头，黑王寨的讲究太多，他晓得的有限。

鞭春是一种农耕风俗。春天是耕种的好时机，可在隋炀帝统治时期，却禁止老百姓在这关键的时期让牛下地干活，因为隋炀帝自己属牛。老百姓为了泄愤，便纷纷于暗地里鞭打自家的耕牛，渐渐形成风俗。后来在举行鞭春仪式的时候，人们会在纸扎的牛肚子里塞上各种粮食，一直抽打到里面的粮食纷纷掉落出来。每每到了这个时候，很多一年到头都吃不饱饭的贫苦人便会蜂拥而上，将散落于地上的粮食一抢而空。

没等陈六说完，周志山就明白"好男有毛不鞭春"的意思了，好男儿身体健壮，能依靠自己的能力来过上富裕的日子，而不是通过嗟来之食的方式。

明白了又好笑，都什么时代了，我看你陈六白长了一腿毛。

陈六不服气，做人有志气有骨气还有错？

周志山说，有志气有骨气当然对，还得有头脑。

陈六摸着自己的脑袋，我怎么就没头脑了？

周志山说，惠农合作社是县里最大的农民合作，以发展现代农业为宗旨，以努力实现现代农业高效、农民收入跨越发展为服务宗旨。

你的意思，加入合作社对黑王寨农业发展有好处？

天大的好处，周志山笑，之前的黑王寨葛粉，还有香菇、木耳，都是通过他们对外销售的。

我说外面怎么知道咱们黑王寨有这些好东西！陈六不好意思地咂嘴。

这年月，酒香也怕巷子深的！周志山说，我跟惠农合作社谈好了，这些免费的种子、生物肥，是做实验用的，让每家每户拿一块田地出来，试种富硒大米。

富硒大米？陈六眼睛一亮。

咱们县能成为世界长寿之乡，这富硒大米功不可没，惠农合作社的土肥专家说了，黑王寨的土壤最适合大面积种植富硒大米了。

要我说，最好还来个原生态种植，不打杀虫药，不喷除草剂！陈六补充，那样的大米吃起来放心。

对啊，这就是惠农合作社对我们的要求，就担心你们做不到。

喊！陈六说，这又不是高科技精尖端的技术，出点傻力气就行，会办不到？

周志山还是有顾虑，这些年，老百姓种地，依赖农药除草杀虫，成了习惯，谁还舍得出那种辛苦力？

不出辛苦力，哪来快活吃！陈六大手一挥，这个看我吧，一句话的事！

还真是一句话的事。

惠农合作社到黑王寨免费分发种子和生物肥那天，黑王寨的当家男人都到了。

陈六先不提领种子、生物肥，陈六把大腿裤管撸起来，说，我先给大家打个样，是好男人的，都学我，亮出一腿好毛来。

亮腿毛，还是大集体时男人们常干的事，但凡有男人干活偷奸耍滑，就会被大家伙摁地上，撸起裤管，看腿上长了毛没有。

不长毛的，那是女人。

缘于此，"偷奸耍滑"这四个字，在黑王寨男人身上没有生存之地，土地承包后，更是连影子都不见，大家都跟土地讲狠呢。

见村主任带头讲狠，黑王寨的老少爷们齐刷刷弯下腰，撸起裤管，顿时黑压压一片腿毛，好不壮观！

惠农合作社的负责人很奇怪，这是玩什么名堂？刚要发问，周志山把指头竖在唇边，嘘了一声，意思让他静观事态。

陈六把大腿拍一下，很响亮，他的嗓门更响亮，今儿个惠农合作社给咱们免费送种子、生物肥，为的是下一步富硒大米能够在黑王寨大面积种植。

黑王寨要种富硒大米了？大家一听来了劲，这富硒大米，价格可是普通大米的几倍。而且功能多着呢，简直就是大米中的人参果。

见大伙嚷嚷得起劲，陈六使劲吼了一嗓子，想要吃"人参果"的，先得给我撂句话，种富硒大米，一不能打杀虫药，二不能喷除草剂，做得到的，就领种子和生物肥，做不到的，给我靠边站。

搞得谁腿上没毛似的，凭啥要靠边站！众人哄一声，挤到惠农合作社的大卡车上，帮着卸种子和生物肥。

到底是有毛的男人，卸的力度大且猛，有小袋的种子和小袋的生物肥，从裂了缝的大袋里掉落。

远远地，有人拄拐走了过来，是寨子里上了百岁的八爷。八爷人上了年纪，中气却很足，老远叫嚷着，鞭春呢，咋没人叫我一声？

陈六迎上去搭腔，您不缺吃不缺穿的，还凑这种热闹？

八爷不乐意了，我是不缺吃不缺穿，可我腿上还有毛啊，不鞭春咋能吃上富硒大米，再活下一个百年？

"官不入民宅"

老五一大早站在寨子门口，把个耳朵侧着。

捡破烂的大老吴看见了，很稀奇，说五先生今天不算命了？

老五一对眼白翻起来，我为啥一定就要算命？不算命难道没饭吃？

大老吴被老五这顿抢白搞得很没面子，忍不住嘟囔一句，晓得你能，不光有饭吃，还有酒喝有肉吃！

老五乐了，你咋猜出我在这儿等人给我送酒送肉？

大老吴吓一跳，老五你不过日子了，不年不节吃肉喝酒？

瞧你这话说的，正是要把日子过好，才喝酒吃肉啊。

大老吴啧啧着，口水流出来，狗日的老五，我这睁眼睛的还不如你这两眼一抹黑的人过得舒坦呢。

依我看，你就是一个睁眼瞎，老五把个拐杖点得地上咚咚响，都这把年纪了没点眼色，不晓得今天到我家帮厨。

酒肉是时三从集上给带回来的。时三每天赶大早到乡里县里的大酒店送货，帮眼睛不通路程的老五捎带点什么，顺手。大老吴就坡下驴，顺腿到老五家帮厨。其实哪轮得到他帮呢？时三办事向来滴水不漏，带的全是熟菜，烤鸭、卤猪蹄、猪耳朵、油炸兰花豆、卤煮花生米、粉蒸肉，唯一的热菜是牛三鲜火锅，菜都是人家配好的，插上电磁炉加个温就能开吃。

大老吴说这酒席摆好只等客人登门，我帮的哪门子厨？

老五笑，大老吴你不是睁眼瞎啊，还晓得有客人上门。

能够捞着陪客身份，大老吴心里合计着，这客人一定不尊贵，黑王寨扳着指头数，不尊贵的人，除了算命的盲人老五和捡破烂的大老吴，第三个应该是道士德方。问题是，德方都死去好几年了，今天也不是德方的祭日啊。

大老吴这一自言自语吧，惹恼了老五，哪个村规民约上写着我这个盲人家里就不能来个贵气的客人？

大老吴赶紧在脑海中过滤黑王寨贵气的客人，乖乖，不会是驻村工作组组长周志山吧？太不可能了，周志山第一次到老五家走访调查时，可是被老五不轻不重促狭了一回的，周组长你没听见黑王寨一句老话吧？

什么老话？周志山当时支起了耳朵。

老五却不紧不慢地冲着陪同的村主任陈六说，父不进子房下一句是啥？陈六你给我提醒一下，这人老了记性就差。

陈六赶紧悄悄友情提示给周志山听，官不入民宅呢！

什么讲究？周志山大为疑惑。

古时候吧，官员跟老百姓身份有别，老百姓对官员存着畏惧心理，若是官员突然走进民宅，往往意味着这家人可能犯了什么罪，如果不是出于公事的需要，官员最好不要随意进入百姓家。一个盲人能犯什么事呢？老五显然不畏惧官，他嘴里的官不入民宅，自然是另一层意思，警示周志山不要在老百姓家大吃大喝。

都说士别三日当刮目相看，你老五才跟我别了一晚上，这变化，得让我用放大镜相看了！大老吴挤对老五，这贵气的客人要是周组长，我一个捡破烂的可陪不住。

有什么陪不住的？周组长没进过你家门？

进过！这点上大老吴不含糊，还喝过我家一口水。

那口水苦涩得差点让周志山吐出胆汁来。大老吴有不很严重的小儿麻痹症，不然他不会干捡破烂的营生。黑王寨早先吃水，得从寨下河里挑，大老吴吃不消这强体力的活儿，就在门口挖个坑，天上落雨时蓄满水，当井水用。

黑王寨有几户人家打了水井，大老吴不方便去挑，黑王寨规矩是，一家门口一方天，两家不共一口井。

他周志山能喝你大老吴一口水，自然吃得我老五一口肉！你只管帮我把肉夹到周组长碗里就行！老五翻着眼白再三叮嘱说。

你确定周志山会进你家？大老吴不大相信，换谁挨了老五那顿下马威都会长记性。

偏偏，周志山没长记性，不仅来了，还大大咧咧钻进厨房，揭起锅盖、水缸到处看，边看边对身后的陈六说，黑王寨脱贫检查，"两不愁"必须放在第一位。

陈六笑，周组长我实话告诉你，黑王寨能够让我愁的还真就老五和大老吴这两家。他们目前的状况，肯定是不愁吃（安全饮水）不愁穿的。肉香已经蹿进周志山鼻子，面对老五和大老吴摆好的酒席，周志山嗯嗯着，光不愁吃不愁穿哪行？还得"三保障"到位。

这是肯定的！老五突然插话说，我给掐算过了，黑王寨的义务教育、安全住房、基本医疗保障人人都没落下。

大老吴不明就里，你真算出来了？

嗨，这还要算？工作组进村这几年，没人找我算孩子入学年龄，没人为房子动工求黄道吉日，更没人病了找我看能不能挨过年下，说明了啥？

说明了啥？跟在周志山身后的陈六故意装糊涂。

说明黑王寨家庭的人均纯收入达到国家现在脱贫标准了呗！说明"三保障"全部到位了呗！

看不出啊，五先生您对脱贫工作中的"一达标""两不愁""三保障"门儿清呢！周志山啧啧赞叹。

要我说这老话也该改改了，这当官的就要多入民宅！老五冲着大老吴站的方向努嘴，还不帮我给周组长夹块肉，我们不能让政府官员光喝苦水，还得让带着我们脱贫致富的领导尝一口香肉！

那是那是，要不然，以后就官怕人民宅了！大老吴乐呵呵向那块最肥实的肉伸出筷子。

初一走父母

正月初一那天，黑王寨多了个起得特别早的人。

平常只四姑婆一人。四姑婆要给菩萨敬香，早更显得心诚。

今年多了村主任陈六。陈六不烧香，他是来给递话的。千万别以为陈六想要借四姑婆的嘴递话给菩萨，保佑自己这个村主任能当长远。

他婆娘大枝巴不得他早点不当村主任，太操心，大年初一都捞不着回笼觉睡。

陈六站在四姑婆门外，听见香房里有了响动才敲门，四姑婆那会儿已经给菩萨磕完头了。敲门声第一次响起来，四姑婆以为自己耳鸣，自打过了八十，四姑婆每次磕完头起身，耳朵都要轰鸣一阵子。

敲门声第二次响起来，四姑婆侧了下耳朵，还是不大相信这么早会有人来拜年——黑王寨人拜年有讲究，必须鸡啊狗啊都叫翻了天，才出门给人拜年。今年是鸡犬交替的年份，十二年才一轮，得给鸡和狗足够的尊重，虽说鸡狗都是畜生，可人家是家畜啊，都算上家庭一员了，能不让人家宣誓一下主权？

黑王寨人心里，很有点众生平等的意味。第三声，陈六的声音夹杂着敲门声钻进四姑婆耳朵，陈六说，四姑婆，我给您拜年呢！

四姑婆开门，不看陈六，看陈六背后。

然后伸出手，作势去打陈六，有你这么拜年的，两个肩膀扛张嘴？

陈六知道四姑婆寻自己开心呢。陈六就笑，我心意满满的，都装不下了。

那你把装不下的心意拿出来，送给四姑婆。

面对四姑婆摊开来的手掌心，陈六说，都在大凤车上装着，等会一起送给您。

等等，四姑婆手缩了回去，大凤车上装着，等会给我？

大凤是四姑婆幺女，在省电视台上班，嫁在了省城。

陈六说没错啊。四姑婆明白过来，你这是给大凤当先行官来的？

陈六说，什么先行官，就是跟您通个气。

通个气？她是想气死我才对！四姑婆原本还笑眯眯的脸变凶巴巴的了。

陈六正不解，四姑婆说，大凤不晓得人情世故，未必你陈六不晓得，黑王寨几千年来，哪有嫁出去的闺女初一回娘家的？

陈六这才想起，黑王寨初一都要接过世的祖先回家团聚，而这些祖先是不乐意家里有外人在场的，嫁出去的闺女泼出去的水，是外人，自然不合适让祖先看见。倒是分家出去的儿子，初一这天必须到父母家拜年，以求得祖先在另一个世界的关照。

晓得初一要走父母的，不光黑王寨人，城里人也都知道。所以当周志山大清早起床出门拜年，陈雅静没多言语，她看春晚，抢红包，给生意场上的朋友拜年，等折腾好了睡下，天已经大亮了，应了那句流传特广的话，天亮说晚安。

睡完觉，赶到周志山爸妈那儿吃午饭就行，哪一年不是这么过的？

偏偏，今时不同往日了。

四姑婆在陈六走后，哐当一声关上大门，还打了反锁，意思再明显不过，闭门谢客。只是四姑婆这客白谢了，陈六走后，连最勤快的风都没敲过她家大门一下。

时间一晃到了中午，四姑婆赶了四姑爷出门，说你去寨子转转，看见大凤，就给拦住，别让寨子人笑话我没家教。

周志山才是没家教，一觉醒来的陈雅静开着车到婆婆家拜年，周志山却人影子都不见。你们……没什么吧？大年初一，婆婆忌讳着"吵架"那两个字眼。

没什么啊，我们！话虽这么说，陈雅静心里却一惊，春节期间，车多，年年都有出事的，莫非……？赶紧拨打周志山电话，是通的，却没人接！

陈雅静迅速给周志山的车定位追踪，竟然是在黑王寨。

周志山这会正在黑王寨挨家挨户摸底呢，精准扶贫工作虽说短期见了成效，可脱贫攻坚是长期的工作，他担心有脱贫再返贫的现象发生，这种事，在各贫困村不少见。他有一个想法，要把脱贫车间办到田间地头，这就需要翔实的资料和第一手信息，只有年下，黑王寨的在外务工年轻人才会在家，这也是他唯一能够面对面掏出人家心里话的时候。

大凤是在《半月谈》杂志上读到一篇相关文章后，计划做一个贫困村专访的栏目，在跟陈六交流时无意中得知驻村工作组的周志山大年初一给贫困户拜年这一信息后，临时起意，大年夜都没过就回到黑王寨的。随机采访无疑是很成功的，黑王寨村民期待的大棚蔬菜、牛羊养殖、光伏发电等产业，在七嘴八舌的建议和补充中逐渐显出雏形。

陈雅静的声音是在人群外响起的，好你个周志山，有背着媳妇大年初一这么走父母的吗？

周志山吓一跳，糟糕，年年初一要走父母的，满以为摸底这事两小时就能搞定，孰料都过了晌午，胃有毛病的陈雅静这会肯定饿得不行。

陈六见是陈雅静，走出人群一把拽住她，说到家里吃饭去，大枝早准备了饭菜，等你来呢。

陈雅静跟陈六不陌生，为支持周志山工作，她还在黑王寨投资办了个纯净水厂。陈雅静说，你这饭菜我可不敢吃，初一走父母，讲究大着呢，你们黑王寨。

大春这会走过来打圆场说，怎么不敢吃？陈六是黑王寨的村主任，不吃他吃谁？见陈雅静脸色有了缓和迹象，周志山来劲了，说，不光是陈六家，黑王寨哪家的饭菜我们都可以敞开肚皮吃的。

为啥？陈雅静不信，把你能的。

老百姓本身就是咱的衣食父母啊！这话是陈雅静爸爸鼓励周志山进村扶贫时再三嘱托的。陈雅静爸爸是县委扶贫办主任。

嘚瑟的你！陈雅静嗔怪说，老头子的话，你倒是听得蛮真。

走啰，走父母去！大春不失时机地在陈雅静背后推搡了一把。

疼那么短 痛那么长

约 饭

约个饭吧,啥时候!她说。

行啊!他没表示反对。

但凡带上个"啥时候"的饭局一般约不成,他心里明镜似的,虚与委蛇这么一下,何乐而不为。

他觉得世故是活到他这个年纪的男人最起码的标配,女人在这个年纪,还能假天真一把。

哪怕他自认不是个随波逐流的人。一个姑妄言之,一个姑妄听之。默契度,可以用严丝合缝来形容。

喜欢哪儿的饭菜?她的客套是有章法的,带着循序渐进的意味。

一如对他的称呼,循序渐进着,由您变成你。

他心里,小小抵触了一下,不反感,还有点窃喜,对方毕竟,是位长相尚且可圈可点的女子。

哪儿的饭菜不都是吃!他漫不经心地回过去,言下之意对她的约饭不是那么重视。

避实就虚,他惯常用的春秋笔法。

这年头吃什么还真是个问题!她莞尔一笑,等你想吃什么饭菜了,我们再约。

约饭之事告一段落,他讶异于女孩身上与年龄绝不相称的通透,世故这字眼与她实在是相距甚远。

他是以识人著称的。

她是以识货闻名的。

不识货一时苦,不识人一生苦!这句话完美诠释了两人的相识。

　　她做服装生意，非主流那种，三十出头已开了几家连锁店，要论身材，她仅仅是过得去，但偏偏，她选中的款式，让多少同龄女子趋之若鹜。天底下，终究是身材仅仅过得去的女子占大多数，她毫不避讳，我的定位就在这大多数中的极少数。

　　足够了！客源固定，目标清晰，口碑确立，强似服装超市大面积撒网。

　　这是一个选择越来越狭窄也越来越纵深的时代，受众面广成了"大路货"的代名词，处于消费群体的鄙视链末端。

　　他是深谙此道的，怎么说都在文化圈摸爬滚打大半生，都挂上名人标签了。

　　挖一个坑不如打一眼井，打一眼井不如直通江河湖海，他这么表扬她的经营理念时，她的眼睛不由自主亮了一下。

　　一个书念得少的女子应有的表情，这点上她从不掩饰。

　　他享受这种尊崇，人跟动物一样都有趋光性，谁不想成为别人指路的明灯呢。

　　很自然的，两人互相照进了彼此的生活，他们的生存之道，原本是不搭界的。从文之人最瞧不上的就是经商之辈，士农工商，中间差距可不是五十步和一百步，而是隔了几个等级。人分三六九等，木分花梨紫檀，这点上老祖宗可不是说了白说。

　　约饭之事居然也不是白说，还有下文。

　　又一日，他在街上发呆，忽然接到她的微信，又做深层次思考？

　　这话的版权在他这儿，两人初识时，她信口问他，平时都干些啥？

　　发呆呗！他随口答。

发呆？她有点蒙圈。

发呆是一种深层次的思考！他可不想让她误会自己浅薄。

天天深层次思考，那该活得多累！他来了个王顾左右而言他。

到我这里轻松一下吧！她发出邀请。

轻松的出处在她那儿，有次看她店里莺莺燕燕叽叽喳喳的，他不由得感叹，最让人轻松的，莫过于热闹和喧嚣。

盛情难却，去了。他却没轻松起来，闲话中得知她店面开张时，父亲为她送花篮时遭遇一场车祸成为植物人。母亲被缠住脚步，出不了门。她十六岁就下学，给人打工，自己摆地摊，一步步熬成老板身份。

男人倒是有一个，聊胜于无！这么沉重的话题她说得轻描淡写的，讲真，我跟他结婚几年，交心的次数，还不如和您多！

称呼又回到您上，以退为进？他忍不住幽了一默，客气是生疏的表现，你这么可不好。

想要不生疏，简单，一顿酒就能解决！她眸子里有火苗跳跃，还没想到吃什么饭菜？

这饭约的，够技巧！

看着她烈焰般燃烧的红唇，他全身灼热，汗颜了，今天，真不行！

成名后，他像鸟儿爱惜羽毛般爱惜着自己的名声，跟年轻女子单独约饭，太容易让人产生遐想。

那明天？她眉眼里尽是宽容和理解。

刚舒口气，为一时脱身而庆幸，她忽然补上一句，后天吧，你不可能后天都被预约了吧？

这一问把他逼到了墙角，再推就很不男人了。

一顿饭，不成能被个娇巧女子给生吞活剥了，他点头，就后天！

说定了，后天，就我俩！她脸上的笑意爬上眉梢。

中间一天时光倏忽过去。

赴约时，他全衣全裤，盛夏的天啊，不分男女都短袖短裤，清凉得不要不要的。

谢谢你的庄重！她挤出一脸感激。

没上酒，谢天谢地，借酒乱性这一危险系数为零。

饭菜倒是可口，他却味同嚼蜡，心里时刻警示自己，保持绝对的清醒。

清醒得太绝对，他反而犯上迷糊，都买单了，咋什么都没发生？

回去路上，看着主驾上专心开车的她，他忍不住浅薄了一回，我以为，你要做点什么出格事的。

为一顿饭，都逼宫了！她眼光从车内的后视镜撞上他，够出格的了。

出格在哪儿？他依然疑惑，从举箸到落筷，她没半丝半毫不妥的举止啊。

把您当植物人，您不会，见怪吧？迟疑一下，她终是解了他的惑。

植物人？他脸色瞬间僵硬。

我答应新店赚的第一笔钱，约爸爸一顿饭的！她抽动一下鼻子，有泪水滑下脸庞，您是唯一像爸爸样能懂我经营理念的人！

她需要有这么个仪式感，填补人生的缺憾。

那一刻，他真想拥她入怀，吻干她脸上的泪花。

晚节，不保就不保呗！

可他还是选择了端坐。

约个饭吧，啥时候！临下车时，他郑重其事对她发出邀请。

再说吧！她语气中竟带了犹豫，才片刻工夫，竟判若两人。

人不涉不知其深！有些饭需一约再约的，虚与委蛇是世故不假，却更是人生不可或缺的一种通透。

看　雪

雪下得越大，人的走路姿势越俏皮。

张德祥眯着眼，坐在门帘里，捧着一碗热茶，看景致。

搁往常，他还会点燃一根烟，那样更惬意。老伴走后，他日子惬意不起来了，烟自然就戒了。戒烟就是戒命，这话到底让张德祥打了自己的脸。

老伴才是张德祥的命，他这会所谓的看景致，说白了，不过是聊以度日，这从他坐那儿就没起身就足以证明，作旁证的，是那杯热气减退水位不见退的大碗茶。

他们这个地方，难得见一场像模像样的雪，每年冬天应景般飘下的，跟霜花有得一拼，仅此而已。

老伴是喜欢雪的，老伴还喜欢大碗茶，这跟她的北方人身份有关。

活着时，老伴发得最多的牢骚就是，老天啥时为我正正经经下一场雪啊？

张德祥最听不得这句话，年轻那会他是这么忽悠她的，跟我结婚吧，南方的雪要么不下，真下起来，不正经得很，也任性得很。

雪还有正经不正经，任性不任性的？

有啊，六月下冰雹你见过没？很不正经，很任性吧。

北方的六月，很正经，一点也不任性，不会干下冰雹的事。

南方干过。

两人能够走到一起，跟那场六月的冰雹不无关系，换句话说，冰雹就是两口子的媒人。

传说中的天作之合呢。张德祥靠这个，把老伴从北方娶到了南方。

正经的雪没下，不正经的架吵了不少次。

张德祥听不得老伴发牢骚，那模样，好像张德祥是骗婚。每每这时，张德祥就忍不住要促狭老伴几句，等你走的那天，老天爷肯定会为你正正经经下一场雪的。

老伴听得出张德祥话里的揶揄，我又不是什么伟人，值得老天为我披麻戴孝？

当地的说法，如果人死那天，逢上下雨，就是老天为亡者伤心流泪；赶上下雪，就是老天为逝者披麻戴孝。总之，都是活着时行善积德的人。

想到这儿，张德祥有点痛恨老天了，老伴肯从北方嫁到南方，这是多么大一善举，又给张德祥生儿育女，儿女还留学到了国外，这是积下多大德。

都说老天有眼，老天的眼呢，在哪儿？

未必什么事都指望老天的！老伴那句话又响在耳边。

北方女人的要强，让张德祥一家人日子过得刚性十足，哪怕张德祥这种一身病的人，日子也没输给谁家多少。

应该正正经经跟老伴说声谢谢的，人活着，张德祥觉得两口子之间，犯不着这么客套，如今阴阳相隔，这个谢谢是她应得的。

老伴照料张德祥时，曾开玩笑说，到底是你有福气，躺床上有人端茶递水，有人喂药喂饭，还连句谢谢都不用说。

张德祥当时还甩了脸子，说你想讨一声这样的谢谢是吧，那你来躺着，我伺候你！

天底下还有人希望病上身的，那真的是病得不轻。

没承想，一语成谶，老伴真的病得不轻，不过不在明面上，在暗里。

一个头疼，让老伴走了，原来是脑子瘀血多年了。

难怪平日里睡不着会捶脑袋呢！张德祥叹口气，眼里湿润了。

这样一场正正经经的雪，该请老伴看看的。心动就要行动，张德祥拿出手机，摇摇晃晃站起身，掀开门帘，开始拍摄雪景。

张德祥的老寒腿，在雪地里走得非同一般地俏皮，他走几步，蹲一下，雪风杀进骨髓里，钻心地疼。手机被动地变换着不同角度，把雪摄进镜头里。

不知情的人见了，说老大爷蛮专业呢！都以为张德祥是挑角度选光线拍摄雪景。

爱发微信的人见了，赶紧抓拍一张张德祥的下蹲姿势，配上文字，雪下得正经，拍摄的老人，一点也不正经。

张德祥何尝是不正经，他分明就是任性，都老夫聊发少年狂了，可惜他左没能牵黄，右无法擎苍，锦帽貂裘倒是在身，他实在想拍出南方这种百年不遇的千骑卷平冈的雪景，播放给老伴看一眼，就一眼。

老伴才走没几天，经常跟张德祥托梦，交代一些活着时没来得及交代的事，张德祥自认可以趁那个机会，让老伴正正经经看一场雪。

老天爷不肯为老伴正正经经下一场雪，自己可以用这种方式给老伴弥补的。

活着时，老伴怎么说的，男人就是女人的天。

有那居心不良的人，打年轻的老伴主意时说，你那男人，病恹恹的，能顶天立地？

老伴口气很硬，顶天立地干吗，顶我的天就行。

那人不甘心，你这天，都要塌了晓得不？

老伴当时青葱的身体一下挺直了，塌不了，这还有半边天帮衬着。

一念及此，张德祥情不自禁挺直了腰，在雪风中。

他可是老伴的天呢，哪怕在另一个世界，照样不能让老伴输了气势。

张德祥的腰挺得有点猛，那双老寒腿没能很及时协调好他的身躯，腰部生出的冲击力让他脚步前后那么一个趔趄，天地就旋转起来，越旋转越快，恍恍惚惚中，张德祥看见老伴笑眯眯地伸出手来帮衬他，他习惯性地往老伴怀里一歪，这一次，他没忘跟老伴说一声，谢谢！

正常的傻子

如果一个人站在熙熙攘攘的闹市中，盯着一个方向，老半天才错一下眼珠，而且是在很毒的太阳下，那他一定是在等人！

这样的画面，我们在电影电视里看得实在太多了。

但姚文丽绝对不是在等人！

她只是忽然对站一站有了兴趣，为什么，那么多人都要行色匆匆呢？停一停，让时间静下来，多好！

产生这么奇怪的念头，缘于她路过报刊亭时无意间看见的一句话——慢一点，让思想跟上！在一本杂志封面上，很醒目，那么，停下来，思想会不会同步跟上，或者超前了呢？

姚文丽就相当果决地停住了脚，慢一点多没劲啊，那是步人家后尘！姚文丽是个特立独行的女子，步人家后尘，是她绝对不屑的行为。

她不知道她这么一站，会不会站成某个故事的开头，成为其中等待或者被等待的一个女主角。

这感觉挺好的！这想法也很有意思的！什么叫神游八极，这就是！心静自然凉，空气中的湿热似乎因她这么一站也凝固起来，总之，姚文丽没觉得热或者黏湿什么的。站定了，思想果然跟上来了，她开始仔细打量身边涌动的形形色色的人流。

没准，这人流中就有一张令她梦里寻他千百度的面孔呢！

这么想着，她就潜意识地扭了一下头，姚文丽的脖子很漂亮，那种语言无法表达的漂亮，她这么一扭，就扭出几分风情来，有点那人却在灯火阑珊处的味道了。这味道，很好！

姚文丽就把眼光放了开来，一辆公交车呼啸而至，从车上吐出来一批人，又从站台上吞进去一批人，姚文丽才注意到，她停的位置是一个公交站台。

也好，不能让人觉得她是个无所事事的女人吧，她这么一站，起码能给人造成等车的错觉。

奇怪的是，这班公交车过去后，再也没有公交车来过，这是个让姚文丽很不解的下午，难道因为她这么一站，时间和公交车都改变了方向？真的凝固了不成？

这么想着，姚文丽就忍不住收回了目光，居然，身边不知何时多了一个男人，静静地靠在站台的柱子边，一言不发地抽着烟。

呵呵，一个来历不明的男人！

他会不会跟自己搭讪几句呢？一些电影画面在姚文丽眼前浮动起来。

这样的邂逅是一段浪漫爱情上演的前提呢！姚文丽禁不住偷眼打量一下男人。

男人穿短衬衣，背抵柱子，头微仰，一只脚立着，另一只稍微提起，用鞋尖点地。看什么呢？天上除了白云就是太阳，这种响晴的天，看太阳容易刺伤眼睛的！

姚文丽是个对眼保健有点研究的女人，之所以有点研究，是因为姚文丽有一双能盈出秋水的眼睛，套用古人说的，就是美目盼兮的那种。

因为这双美目，姚文丽赢得了许多男人的赞誉，当然，也招来了许多女人的妒忌。

现在，是她回报男人赞誉的时候呢！姚文丽想都没想就走了过去，冲那男人说，这样看太阳容易伤眼睛的！

男人似乎怔了一下，头一低，姚文丽从他眼光一亮的神色中悟过来，刚才男人的眼并没看天，人家只是眯着的！

眯着，一定是想什么问题想得投入了，姚文丽看过许多西方大片，那上面，有深度的男人想问题都是仰着头，微眯眼，一副若有所思的表情。

莫非，这是一个有深度的男人？姚文丽心里激动起来，就补了一句，想什么呢，这么投入？

男人看了姚文丽一眼,说,我在想一个问题,等车的人是不是都是傻子。

傻子?姚文丽一怔。

是的,正常的傻子!男人把点着地的鞋尖放平,给了姚文丽一个脚踏实地的感觉。

姚文丽还是一怔,正常的傻子!这思想不光是跟上的问题,是超前了,超前得以姚文丽的智商居然没悟出个一二三来。

男人嘴角挂了笑,比方说吧,你在这儿等公交车,等了半天,车没来,我来了!

姚文丽表现出良好的修养来,不插嘴,只是倾听。男人继续说,我来了一问你,说半天都没来车,我就搭一辆的士,走了!

这很正常啊!姚文丽以为他的话完了,接上一句。

呵呵,男人再笑,你见我搭的士走了,会怎么想?姚文丽就低了头去想,还没想出答案呢,男人又说了,跟我一样搭的士,你一定觉得不划算!

是吗?姚文丽还是百思不得其解。

因为你都等了半天了,也许公交车马上就来了呢!男人一副洞穿世事的语气,你说,这算不算正常的傻子?

姚文丽差一点就捧腹大笑了,他可真是打算让思想跟上的人呢!不过,一个正常的傻子也很幸福的!男人忽然俯耳对她说了一句,妹子,有些人,你等一辈子也等不来的,不如放弃吧!

说完这话,男人迈开步子,穿过街道,走了!

姚文丽看着男人的背影,忽然就泪流满面了,三年前她在这个地方确实站过大半天,不过她要等的人始终没曾出现。

比尊严重要

丁小玉是赌气从饭局上下来的!

一下来就后了悔,那杯水不该泼出去的!

站在街头,冷风一吹她才意识到,自己刚才的确有点过了,不管怎么说,于公于私她都不能无视陈文理的存在。

男人么,手爪子痒一痒,很正常!

想到这里,丁小玉忍不住又回了一下头,酒店里依然觥筹交错着,并不因为丁小玉的赌气离开而黯然失色,丁小玉回头,是希望李东海能追出来,劝一劝她,那样她就顺水推舟回去,哪怕给陈文理道个歉也未尝不可。

贸然回去,丁小玉丢不起这个人,她眼下需要李东海提供这么一个姿态,以供她下台。

问题是,李东海不打算给她提供这个下台的姿态!

男人跟女人单独在一起,是软的,像面团,可以任你揉来揉去,可一到了男人环座的场面,他们一个个硬气得不行,好像都有金刚钻,都可以揽瓷活。

这次请客,就是李东海揽了个瓷活起的头,瓷活是谁,陈文理!

李东海,一个二婚男人,你丁小玉咋就愿意为他付出身心呢?站在酒店外面,丁小玉大脑开始飞速搜索起来,居然,李东海是个没优点的男人,最起码没明显的优点,那种令人过目不忘的优点。

可偏偏,她丁小玉就对这个男人过目不忘了。

丁小玉就苦笑了一下,对了,苦笑!也是一种姿态。

电光石火般，丁小玉心头飞出答案来，让丁小玉对李东海迷恋的，正是他嘴角边挂着的淡淡的那种苦笑。

一种被生活渗透的苦笑，几乎是可以和沧桑打等号的！丁小玉的生活中，一直缺少一个沧桑的男人。

这得归罪于她的爸爸，爸爸面相嫩，哪怕成家立业有了丁小玉，甚至丁小玉都上了大学，爸爸还活在女人的围追堵截中。

日子过得自然不平静，在丁小玉的游说下，心力交瘁的妈妈终于同爸爸离了婚，很彻底地离了，离得连丁小玉喊她一声妈妈都懒得理了。

她以为，丁小玉应该死死捍卫她这个做妈妈的权利的，但丁小玉没有，居然还助纣为虐了。

丁小玉是个活得很有姿态的女孩，她从爸爸手中要了十万元钱铺底，说要打起背包走天涯。

结果没走到天涯，就碰上了李东海，碰上李东海是因为李东海也离婚了。

多好，两个无拘无束的人！丁小玉一直觉得，无拘无束是对生命轨迹一种最完美的诠释，李东海的离异一定是为了某种自由。

他们的相识，正是以自由为话题展开的。那天丁小玉在一家咖啡屋喝茶，李东海后去的，刚好就丁小玉面前有空座，李东海如释重负坐下来，把个本本往桌上一丢，长叹一声说，自由真好啊！

丁小玉眼角余光扫过去，那是一本离婚证。

是啊！丁小玉看了看他嘴角挂着的一丝苦笑，谨言慎语地说，自由了，可以想干什么就干什么，比如我！丁小玉指了指自己的背包，意思是她有绝对的自由。

孰料李东海却一扬眉头,冲丁小玉笑着说,你错了,自由是想不干什么就不干什么!

丁小玉一怔,还有这么诠释自由的,新鲜!刚要反唇相讥呢,忽然找不出反唇的理由来,李东海的理解居然天衣无缝不说,还明显比自己高了一个层次。

深刻!丁小玉再看李东海,就看出李东海对生活有一种高高在上的姿态了。

于是两人就由相遇而相识,再由相识而相知了,他们的相知,说来一般人都不敢相信,就是双方毫不掩饰地横加指责,爽朗而淋漓地互揭对方的短。

揭完了,再搂在一起肆无忌惮地做爱,用他们的话来说,叫思想上的重叠。

再往下的事,是丁小玉挑起的!

丁小玉跟李东海合计,在人屋檐下不是长久之计,还是得有套属于自己的房子,丁小玉就拿八万元挑了一套二手房子。

过户时碰到麻烦,她不想出那六七种契税,李东海大包大揽说,这好办,找公证处公证一下,多简单!

这一简单吧,就扯上了陈文理,他是李东海的同学,恰好在公证处上班。

理所当然要请陈文理吃饭。

严格来说,陈文理是个比较自恋的人,平心而论,他也有自恋的资本,单位好,长得也帅气,对李东海这飞来的艳福就有了妒忌。

陈文理是在李东海上卫生间时猛一把捏住丁小玉手腕的,陈文理急急地表白说,小玉你怎么会跟一个离过婚的男人在一起啊,离过婚的男人是没有仁慈之心的!女人于他只是一件衣服而已，烂了就丢掉！

是吗？丁小玉很奇怪，哪来的悖论？

陈文理说，一个离婚的人，拿走该拿走的，留下该留下的，可以不要爱，但要有一点仁慈之心，你觉得对吗？

对啊！丁小玉承认陈文理说得有文采也有道理。

可李东海是个只要爱不要仁慈之心的人你知道吗？陈文理说，他前妻患了肺癌，他这会却有心思对你觍着脸说爱，说到底你也就是一件衣服！

丁小玉一下子蒙了，陈文理的手就是在那一瞬间爬上她胸脯的。

啪！丁小玉蒙归蒙，自我防范意识还是有的，面前的一杯茶就飞珠溅玉泼到陈文理脸上。

李东海恰到好处地出现了，说小玉你怎么可以这样对朋友啊！丁小玉只问了一句，你不在乎我这件衣服披到别人身上吗？

李东海眼神一暗，嘴角又挂起那丝苦笑，回头去看陈文理，陈文理双手一摊，做出一副很无辜的表情来。丁小玉以为，李东海会给陈文理一记耳光的，偏偏，没有，两人又端起了酒杯，说小玉你瞎说什么呢？

丁小玉掉头出了酒店，冷风一吹，这会她清楚忆起当初见面时李东海还说过一句话：没有哪个人比自己的生命重要，也没有哪场爱情比自己的尊严重要！

这或许，也应该是她丁小玉对生活的一种姿态！